D0649147

Nous remercions le Canada de l'aide programme Conseil des Arts du accordée à notre de publication.

LE CONSEIL DES ARTS DU CANADA DEPUIS 1957 | THE CANADA COUNCIL FOR THE ARTS SINCE 1957

Nous remercions également le ministère du Patrimoine du Canada et la SODEC de l'aide accordée à notre programme de publication.

Logo et illustration de la couverture:
Brigitte Fortin

Édition électronique:
Infographie DN

DANGER
LE PHOTOCOPILLAGE TUE LE LIVRE

Dépôt légal: 4e trimestre 1997
Bibliothèque nationale du Canada
Bibliothèque nationale du Québec
123456789 IML 987
Copyright © Ottawa, Canada, 1997
Éditions Pierre Tisseyre
ISBN-2-89051-665-2
10888

L'ÉNIGME DU CONQUISTADOR

Les cubes d'obsidienne

DU MÊME AUTEUR
AUX ÉDITIONS PIERRE TISSEYRE

Série L'ÉNIGME DU CONQUISTADOR
La formule de mort, 1997

Données de catalogage avant publication (Canada)

Marillac, Alain, 1951-

    Les cubes d'obsidienne

    (Série L'énigme du conquistador; 1)
    Pour les jeunes

    ISBN 2-89051-665-2

    I. Titre   II. Collection: Marillac, Alain, 1951-
              (Série L'énigme du conquistador; 1)

PS8576,A655C83 1997   jC843'.54   C97-941278-1
PS9576,A655C83 1997
PZ23.M37Cu 1997

L'ÉNIGME DU CONQUISTADOR

Les cubes
d'obsidienne

roman

Alain J. Marillac

**ÉDITIONS
PIERRE TISSEYRE**

5757, rue Cypihot, Saint-Laurent (Québec) H4S 1R3
Téléphone: (514) 334-2690 – Télécopieur: (514) 334-8395
http://ed.tisseyre.qc.ca
Courriel: info@ed.tisseyre.qc.ca

Prologue

En février 1522, après avoir laissé derrière lui la Colombie et traversé l'Amérique centrale, Don Felipe Da Gozal, qui avait tout juste dix-huit ans, fit une halte dans les hautes terres froides de Los Altos. Il déposa son sac de cuir sur une roche et ôta ses bottes de soldat. Il avait besoin de repos.

Don Raphaël, son compagnon de route, s'installa auprès de lui, heureux de cette pause bienvenue. Ses pieds, enveloppés de toile dans des sandales, le faisaient souffrir.

Don Raphaël, prêtre inquisiteur d'une trentaine d'années, avait été formé, en Espagne, à l'école du père Valverde qui, quelques années plus tard, deviendra l'évêque de Cuzco. Valverde se déchaînera alors contre les incroyants, aux côtés de Pizarre, mais, à ce jour, il n'était pas encore parvenu au paroxisme de sa hargne.

Depuis qu'il avait quitté Grenade pour évangéliser les sauvages d'au-delà les mers, Don Raphaël avait vu bien des horreurs commises par ses frères. Sous l'influence de Da Gozal, il avait accepté de s'intéresser plus aux hommes qu'à leurs âmes.

Son jeune compagnon le fascinait. Entraîné à la guerre, il avait compris que les peuples qu'il découvrait avaient peut-être plus que de l'or à offrir. Da Gozal lui avait fait entrevoir les connaissances étonnantes du peuple maya.

Ils marchaient de concert vers la cité de Palenque que l'on disait fabuleuse et fréquentée par des savants.

Don Raphaël interrogeait souvent Da Gozal sur l'étrange plaquette d'obsidienne qu'il transportait toujours avec lui et étudiait avec soin. Don Raphaël prenait des notes sur tout ce qu'il découvrait. Une fois encore, il tenta d'en savoir plus sur cet appareil :

— Don Felipe, pourquoi avoir choisi l'obsidienne pour cet instrument bizarre, dont je ne comprends toujours pas l'usage ?

Da Gozal inspira un grand coup. Il était si jeune et pourtant se sentait si vieux, vieux d'un savoir trop lourd déjà. Les prêtres aztèques et mayas qu'il avait croisés avaient vu en lui un faible espoir de prolonger leurs connaissances.

Don Felipe, que rien ne stimulait plus que de chercher à comprendre, était ouvert à l'apprentissage. Il avait l'esprit disponible à accueillir des idées qui faisaient fuir ses semblables.

Sentant les massacres approcher, les prêtres l'avaient initié, lui faisant absorber en quelques mois le savoir d'une vie. Dès lors, il se sentit le détenteur d'une mémoire bien plus ancienne que son propre Dieu. Il chercha en lui des mots simples pour expliquer :

— Au début, j'avais déposé les trois petites roues du système sur le bois mais, voyez-vous, mon cher frère, c'est en m'informant sur Tezcatlipoca, une divinité du peuple aztèque, que j'ai décidé de le changer pour l'obsidienne, la trouvant mieux adaptée.

— Et en quoi donc ?

— Le nom de Tezcatlipoca signifie « miroir fumant ». On dit qu'il se promenait la nuit sous les traits d'un géant tenant sa tête dans les mains, ou encore sous l'aspect d'une bête sauvage, souvent un jaguar. Mais, surtout, il possédait un miroir d'obsidienne dans lequel il pouvait voir tout ce qui se passait dans le monde. C'est aussi lui qui apporta le calendrier aux Mayas.

— Celui qui sert à vos calculs ?

— C'est cela, et comme j'utilise beaucoup ce dernier aujourd'hui, j'ai donc adopté l'obsidienne. Vous savez, je crois que c'est en se rapprochant de la pensée des gens que l'on finit par les comprendre et par saisir leur manière de voir la vie. Notre vision ne peut être que partielle, il faut apprendre à regarder par les yeux des autres.

— Et cet appareil vous le permet ?

— En un certain sens, puisqu'il me donne la possibilité de comprendre comment les événements reviennent sans cesse dans la vie des peuples, suivant des cycles bien établis. C'est là l'enseignement que je retire de mes voyages en ce monde lointain. Les gens ordonnent leur existence en fonction des actions passées et à venir.

— Vous pouvez donc prédire la gloire de l'Espagne en ce monde.

— Passagère, frère, passagère et si meurtrière que vos notes seront peut-être les seules traces de ce savoir que nous pouvons côtoyer aujourd'hui. Écrivez, mon cher frère, car vos mots guideront un jour d'autres êtres vers la compréhension.

Ses yeux, d'un gris très pâle, se perdirent dans la contemplation des montagnes couvertes d'une végétation tropicale. Il fallait se dépêcher car, il le savait, derrière eux venaient des hordes de pilleurs. Il devrait les mettre en échec et préserver, si possible, ces cubes dont il avait entendu parler.

*P*aris, la Ville lumière, mais aussi la ville gruyère, reposant sur des kilomètres de tunnels, d'antiques carrières, de couloirs de métro et d'égouts. Ville de culture, mais aussi cocon de bien des tendances.

En ce dimanche matin, la capitale française est plutôt paisible sous les premiers rayons d'un soleil d'octobre. Les monuments et les bâtisses resplendissent de leur blancheur retrouvée et déjà si vite mise en péril par les tuyaux d'échappement des véhicules.

Dans la perspective du magnifique pont Alexandre III, le Grand et le Petit Palais dressent leurs dômes vers un ciel bleu sans nuages. Les pluies abondantes des derniers jours semblent enfin céder la place à un semblant de soleil. Quelques passants matinaux arpentent les trottoirs des Champs-Élysées, portant précautionneusement croissants ou baguettes et dépassant, au hasard, les noctambules qui rentrent chez eux après une longue nuit blanche.

Non loin, dans un bureau cossu d'un hôtel particulier, Érasme Bular vient de caser ses cent vingt kilos entre les bras d'un fauteuil Louis XV qui gémit sous l'outrage. Il étale les journaux devant lui, comme à son habitude, sur le grand bureau d'acajou, attendant le plateau copieux que Maria déposera devant lui à sept heures trente-cinq, très exactement.

Mais ce dimanche semble ne pas vouloir tenir ses promesses de tranquillité. Des coups brefs, impératifs, ébranlent la porte.

Contrarié, Bular relève la tête, étirant son double menton qui, sans un col de chemise pour le domestiquer, lui donne des allures d'iguane. Il soupire mais se rend vite à l'évidence : si quelqu'un ose ainsi le troubler à cette heure privilégiée, c'est qu'il y a urgence.

— Entrez !

La porte s'ouvre au milieu des livres qui couvrent tout le mur, livrant passage à Hubert Desquand. Cet homme filiforme, au crâne d'autruche, dirige la petite équipe privée de traqueurs d'informations inédites orchestrée par Bular. Desquand est excité comme un chiot qui court après un morceau de bois. Des papiers plein les mains, il avance vers le grand bureau. Ses jambes, comme un immense compas, dévorent l'espace qui semble se réduire en sa présence.

— Monsieur, nous venons de découvrir sur un parchemin la trace d'un des premiers voyages de Don Felipe Da Gozal.

— Quoi! Ah! Desquand, je vous adore. Asseyez-vous là, j'écoute.

Desquand se pose du bout des fesses sur une chaise, tout le corps tendu vers son patron, comme un vautour sur une branche, pressé de lâcher la bonne nouvelle. Il sort un calepin de sa poche, le feuillette et explique, se référant à ses notes :

— D'après le document, il a accompagné Cortez en Amérique du Sud en 1519, avant de remonter jusqu'au Mexique en 1522. Il y est question de la découverte de «cubes couleur de la nuit, renfermant la force du soleil ».

Le large sourire de Bular retombe doucement.

— C'est tout? Vous avez une région? Un lieu?

— Oui, monsieur, une localisation très précise.

D'une autre poche, il sort une carte du Mexique et l'étale sur les journaux de Bular qui ne s'en offusque pas, preuve déterminante de son intérêt. Desquand indique un gros cercle rouge tracé au feutre.

— C'est ici, à quelques centaines de mètres de la pyramide de Palenque.

— La chance est avec moi, mon cher Desquand. Notre fondation archéologique va donc entreprendre des fouilles d'ici peu. Allez maintenant et continuez cet excellent travail. Je veux en savoir plus sur ce document. Lisez, cherchez et trouvez!

— Oui, monsieur. C'est ma devise, vous le savez.

En deux enjambées, Desquand est déjà à la porte et sort au moment où Maria entre avec son plateau. Elle manque d'avoir une attaque, tellement la présence d'un visiteur à cette heure lui paraît incongrue. Encore toute tremblante, elle dépose le plateau sur la desserte et s'éclipse, chassée par le petit mouvement de main impératif de Bular.

L'homme d'affaires se laisse aller dans son fauteuil, se tournant vers le tableau accroché dans son bureau: une des rares représentations de Don Felipe Da Gozal, le conquistador, devenu son obsession depuis plus de cinq ans. Da Gozal s'y présente sous les traits d'un homme dans la cinquantaine, portant une petite barbe en pointe, le cheveu court, le regard d'une intensité difficile à supporter tellement la transparence du gris des pupilles retient l'attention. Il porte un justaucorps pourpre et, pour seul bijou, un pectoral d'or représentant trois petits cercles placés en triangle. Bular s'arrache à cette contemplation devenue pour lui quotidienne.

Richissime, il s'est offert un musée privé qu'il ouvre de temps en temps au public. Il y a rassemblé les objets et œuvres d'art les plus étranges qu'il ait pu trouver de par le monde.

C'est justement l'une de ces trouvailles qui allait lui donner une fièvre inextinguible de connaissances, celles que Don Felipe Da Gozal possédait.

Voilà cinq ans, Bular avait mis la main sur un manuscrit étrange au texte codé, écrit par un certain père Raphaël. Il n'avait pu tout déchiffrer, mais le peu qui s'était révélé à ses yeux avait de quoi fasciner. Don Felipe Da Gozal, né à Séville en 1504 sous le règne de Charles Quint, avait entrepris de voyager dès l'âge de 15 ans. Il avait parcouru le monde et reçu les enseignements secrets de bien des savants de l'époque. Des secrets si étonnants qu'ils étaient encore en avance sur la science d'aujourd'hui.

Da Gozal, disposé à partager son savoir avec qui serait assez patient, avait laissé une trace de son passage partout où il était allé, cachant, chaque fois, un objet, dépositaire d'une science différente.

Bular s'était donc lancé à la recherche de ces objets. Mais cinq cents ans ou presque après le conquistador, le monde avait bien changé et la quête revenait à chercher une puce dans la laine d'un mouton.

Songeur, Bular rêve déjà du Mexique. Grâce à des moyens importants il a, en plus de son musée, créé une fondation archéologique. Elle est dirigée par une jeune archéologue, Linda Lemoyne, qu'il juge naïve à souhait mais surtout brillante et fort compétente.

Il sait donc exactement à qui il va confier la direction des fouilles qu'il envisage à Palenque. Il enverra Vital, son vice-président et membre d'un groupe d'élus qui l'entourent, surveiller le travail.

Bular trépigne à l'avance. Que vont-ils découvrir là-bas ? Quel objet Da Gozal a-t-il laissé cette fois ? De quelle science s'agit-il ?

Au sud du Mexique, l'État fédéral du Chiapas se remet des secousses dues à l'insurrection indienne revendiquant la filiation du révolutionnaire Emiliano Zapata.

Au nord du Chiapas se dressent les ruines du site maya de Palenque. Six kilomètres carrés d'une ancienne culture arrachés à la forêt tropicale. Palenque est aujourd'hui le symbole de l'identité des Lacandons : quelque cinq cents descendants directs des Mayas qui ne survivent plus que grâce à l'aide humanitaire.

À quelque distance de la pyramide principale, un immense site a été dégagé de ses arbres et de ses plantes, ouvrant un périmètre de terre rougeâtre soigneusement délimité par des rubans de couleur.

Patrick, les jambes minces et bronzées sortant d'un short un peu grand qui lui donne un air d'échassier, règle l'ouverture de son appareil photo.

Il ne peut s'empêcher de sourire. Quel bonheur d'être là avec toute sa famille ! De plus, il avait reçu plusieurs commandes pour des photos exclusives des découvertes à venir. Il commence enfin à se faire un nom dans le milieu de la photographie. Il n'est plus seulement reconnu pour son talent, il est Patrick Lemoyne, l'homme des images historiques inédites. Il lui faut cependant admettre que le fait d'avoir épousé une archéologue l'aide beaucoup, et que Bular a le don pour expédier sa femme sur des lieux incongrus d'où surgit toujours l'inattendu.

Les réglages faits, Patrick se tourne vers la droite et cadre Linda, à quatre pattes au fond d'un trou, époussetant avec précaution les ossements du premier squelette découvert ici.

Québécoise originaire du lac Saint-Jean, Linda s'était installée dans la ville de Québec où elle avait rencontré Patrick. Toujours aussi jolie, sa Linda. Ils s'étaient mariés à Québec même, puis ils étaient partis pour Paris où la chance leur avait fait croiser Bular.

Après la naissance d'Audrey, Linda ne pouvant plus avoir d'enfant, ils avaient adopté Stéphane, histoire de faire bonne mesure dans la famille. Depuis, c'était le bonheur et les voyages.

Patrick avait travaillé dur, cherchant toujours la bonne photo, celle qui allait accrocher l'œil, faire vendre un produit ou traduire des émotions, et enfin, aujourd'hui, témoigner du passé de l'humanité. Mais il n'a pas encore atteint son objectif: rejoindre les plus grands. Alors il photographie «à tour de pellicule».

Nullement dérangée par le cliquetis incessant de l'appareil, Linda dégage le squelette. Elle a déjà déterminé qu'il se trouve sur les ruines d'un ancien site de sacrifice. Pourtant, quelque chose l'intrigue. Elle redresse le nez, écarte une mèche rebelle et appelle Renaud Vital, qui représente la fondation de Bular.

— Renaud, venez voir!

Renaud, dans un costume léger et en chaussures de ville, aime surveiller tous ces gens qui travaillent. Il cultive sa propre importance en se tenant à l'écart de tout, sauf des journalistes et des personnes en vue. Condescendant, il approche et jette brièvement un coup d'œil à ces ossements si peu sympathiques.

— Oui, Linda, notre premier occupant?

— Je ne sais pas, quelque chose m'étonne dans sa structure osseuse. On le dirait plus ancien que le site, alors je ne comprends pas ce qu'il fait là. Je voudrais pouvoir l'examiner plus en détail.

Sentant l'occasion de faire jouer ses contacts et de se faire valoir, Renaud acquiesce de suite :

— Bien, je vais tâcher de vous arranger ça avec le musée d'anthropologie de Mexico. Il est parfaitement équipé et puis j'ai dîné avec le conservateur avanthier, un homme affable et cultivé.

Linda, sentant qu'elle va avoir droit au numéro sur la capacité exceptionnelle de Renaud à entrer dans les salons les plus fermés, coupe court :

— Parfait, Renaud. Patrick, fais un maximum de clichés du squelette, je veux avoir sa position exacte pour mes notes.

— Pas de problème, ma chérie.

Et Patrick, tout à son talent, recommence à mitrailler la fosse et son occupant. Renaud, lui, a déjà sorti son téléphone portable pour appeler ce « cher monsieur le conservateur ».

Linda et Patrick étant tous deux pilotes, Bular avait mis à leur disposition un King-Air. C'était un bijou d'avion à deux hélices et une turbine, capable de franchir de grandes distances et de survoler les montagnes. Ils ne s'en servaient que lors de longs déplacements et lorsqu'ils pensaient avoir à rapporter des pièces importantes. En effet, l'appareil pouvait accueillir cinq tonnes de fret.

Exceptionnellement, cette fois, ils s'en serviraient aussi pour le plaisir et pour découvrir le pays d'en haut.

Quelques heures plus tard, après avoir chargé le squelette à bord du King-Air, Linda, Patrick et Vital sont parés au décollage. Patrick retient l'avion tout en donnant de la puissance. La piste est très courte, moins de deux kilomètres, et il n'a pas droit à l'erreur. Chaque jour, ils repartent ainsi vers Mexico où ils logent. Ils ont choisi de demeurer dans la capitale afin de profiter des installations qui, entre les fouilles, leur permettent de compléter leurs recherches.

Soudain, l'appareil s'élance comme un fauve vers la jungle qui s'approche à une vitesse effrayante. Patrick attend le moment propice et tire sur le volant. L'avion s'arrache à la piste et grimpe rapidement, frôlant la cime des arbres.

Trois heures plus tard, Linda se retrouve dans une salle privée du musée de Mexico. La pièce est équipée d'un énorme appareil à rayons X et de divers systèmes d'analyse. Le squelette est allongé sur une table. Dans le but d'en révéler certains détails, Pedro, un assistant, déplace un projecteur qui diffuse une lumière bleu opaque au-dessus des ossements.

Vital et Linda l'étudient, en attendant les clichés pris un peu plus tôt. Renaud se tient coi. Sa spécialité à lui, ce sont les peintres modernes; l'archéologie, en fait, il n'y connaît rien. Seules ses nombreuses fréquentations lui ont valu son poste. Comme à son habitude, Linda confie ses remarques à un petit magnétophone :

« Le crâne a une capacité exceptionnelle de 1800 cm^3, ce qui est plus que celle de toutes les races existantes... Fascinant. Le plus proche est celui de Boskoop découvert en Afrique, avec 1600 cm^3. Nous sommes en face d'un être qui devait posséder une intelligence hors du commun. La mâchoire est fine, presque féminine, adaptée à une nourriture semblable à la nôtre, et pourtant ce squelette appartient à un homme qui a vécu à une époque proche de l'homme de Neandertal. Tout ceci est incroyable. J'ai l'impression d'avoir affaire à un type qui aurait voyagé dans le temps et serait resté bloqué dans le passé. Bon, ça y est, je divague ! »

Linda ferme son magnétophone et se tourne vers les autres.

— Il est tard, on ferait mieux d'arrêter là et d'aller se coucher.

Tout le monde approuve ce programme et chacun salue les autres. Linda se laisse tomber sur une chaise, en face du squelette énigmatique.

— Vous ne venez pas, Linda ? demande Vital.

— Dans quelques instants. J'ai besoin de décompresser ici. Pedro m'a dit que le gardien est au courant. Il me laissera sortir, ne vous inquiétez pas.

— Eh bien, moi, je dois rentrer à Paris. Alors bonne nuit et encore bravo pour cette découverte !

— Oh ! vous savez, il nous a attendus patiemment.

Vital sourit à cette tentative d'humour et sort. Perplexe, Linda contemple le squelette. Qui donc pouvait être cet homme ?

Soudain, sur le fémur, quelque chose attire son regard. Sa position assise vient de lui révéler une petite anomalie qui lui a échappé tout au long de l'examen. Elle se lève, prend une lampe et vient la placer à l'extrémité de l'os pour obtenir un éclairage de biais, faisant ressortir les reliefs. Il s'agit d'une inscription en lettres minuscules.

Surexcitée, Linda prend une loupe et tente de déchiffrer la phrase inscrite en espagnol : «Ne regardez jamais le jaguar en face. En cas de danger, remettez-le dans ses traces. »

Linda recopie la phrase sur son carnet et inspecte le reste du squelette : rien d'autre.

Cette fois, la fatigue se faisant sentir, elle décide de rentrer à l'hôtel rejoindre sa famille. La fin de semaine s'annonce et elle veut passer un peu de temps avec Audrey et Stéphane.

Elle traverse le musée obscur, salue le gardien et décide de marcher jusqu'à l'hôtel. La nuit est belle. La pollution laisse, par endroits, apercevoir quelques étoiles.

Linda longe la Paseo de la Reforma jusqu'à l'ambassade américaine, puis coupe par les petites rues. Des musiques enlevantes sortent des maisons aux fenêtres grandes ouvertes. La journée empiète sur la nuit. Ici la vie s'étire pour être mieux vécue. Linda traverse l'avenue Insurgentes et arrive enfin à l'hôtel.

Espérant calmer les idées qui ne cessent de tourner dans sa tête, elle commande un rafraîchissement dans le jardin où un orchestre fait danser quelques touristes en quête d'exotisme.

Le lendemain matin, Mexico est à peine réveillée que Stéphane est déjà debout sur la terrasse de sa chambre, enchaînant lentement les mouvements de son tai-chi quotidien. Musclé en finesse, son corps cuivré d'Indonésien luit sous les rayons de soleil qui percent la pollution de la ville. Heureusement, l'hôtel, tout en hauteur, permet de dominer le brouillard grisâtre qui stagne plus bas dans les rues.

Adopté par Linda et Patrick alors qu'il avait déjà trois ans, Stéphane garde, sur le visage, une sorte de tristesse permanente qui traduit un mal intérieur profondément enfoui en lui. Pourtant, il peut, en toute sincérité, affirmer très haut qu'il est heureux. Cette famille un peu loufoque dans laquelle il a atterri lui offre une vie incroyable. Tout d'abord les voyages : en seize ans de vie, il a pratiquement fait le tour de la planète. Si seulement il n'y avait pas, à chaque étape, une école pour le recevoir !

À son tour, Audrey émerge de sa chambre, les cheveux en bataille. Les yeux encore pleins de sommeil, elle pénètre dans le petit salon qui complète l'espace meublé de manière sobre et fonctionnelle. Pour la énième fois, elle jette un coup d'œil d'incompréhension à son frère. Elle n'a jamais pu comprendre comment il arrive à être éveillé, tout de suite, comme ça, et à entamer sa séance de gymnastique dès qu'il pose le pied par terre. Car, si elle n'a pas pris son petit déjeuner et sa douche, elle est incapable de fonctionner.

Audrey passe un coup de téléphone à la réception de l'hôtel pour se faire monter un copieux repas. Ce matin, elle a faim, terriblement faim. Pour patienter, elle ouvre son ordinateur portable et vérifie s'il n'y a pas de messages d'un de ses correspondants internautes. Pas grand-chose, si ce n'est « Guépard » qui lui annonce qu'il sera absent quelque temps, pour cause de vacances dans le nord de l'Italie.

— Eh bien, t'es content ? Si tu es gai, pars ! marmonne-t-elle pour elle-même, souriant à son propre jeu de mots.

Elle se tourne de nouveau vers son frère, occupé à faire le gros dos comme un chat. Elle fait la moue en l'apostrophant :

— T'as pas fini de t'agiter, tu me donnes le mal de mer !

— Tu ferais peut-être bien de t'y mettre, sinon un jour tu vas avoir un... fessier comme ça.

Et il ponctue sa remarque d'un geste très expressif des deux mains, geste qui ne plaît pas du tout à Audrey. Elle sait bien qu'elle a tendance à s'empâter.

Ramassant un livre qui traîne, elle le lance, séance tenante, à la tête de son frère qui l'attrape au vol. Dégoûtée par tant d'adresse, Audrey n'a pas le temps d'ajouter quoi que ce soit à sa vengeance, car on frappe discrètement à la porte.

— Déjeuner ! crie-t-elle.

Pendant que sa sœur observe chaque geste du serveur qui installe le plateau sur la table, Stéphane file sous la douche. Une bonne odeur de pâtisserie vient lui titiller les narines.

Enveloppé dans sa serviette de bain, Stéphane vient rejoindre Audrey, quelques instants plus tard.

— Tu pourrais t'habiller, au moins.

— C'est ça, je vais mettre un smoking pour le petit déjeuner. C'est ta robe du soir, ça, je suppose.

Prenant un air affecté, Audrey resserre le col de l'immense tee-shirt à l'effigie des Doors, qui lui sert de chemise de nuit.

— Voui, monsieur.

Puis, changeant de ton, elle demande :

— Dis donc, j'espère que ça va s'animer un peu. Je commence à m'encroûter ici. L'école est plutôt chouette, mais je n'ai pas encore vraiment d'amies.

— Audrey, c'est toujours pareil, tu le sais bien. Ça prend au moins une semaine pour établir des liens. Moi, c'est pareil. Il y a bien deux ou trois gars sympas, mais c'est la période d'observation. À part Pablo peut-être, je ne connais personne.

— Je sais, mais les parents, eux au moins, ils font des trucs intéressants.

— C'est pour ça qu'on est une sorte de clan, dans cette famille. Écoute, on a deux jours devant nous avec eux, on va leur faire raconter ce qu'ils font, et puis Patrick a dû prendre plein de photos, comme ça on verra à quoi ça ressemble.

La bouche pleine, Audrey jette un coup d'œil interrogatif à son frère.

— Je ne t'ai jamais demandé pourquoi tu l'appelles Patrick ?

— Bien, quand j'étais petit je l'appelais papa comme toi, mais quand j'ai su que j'étais adopté, un drôle de truc s'est passé dans ma tête, une sorte de distance intérieure, si tu veux. Je lui en ai parlé et puis on a convenu que je l'appellerais par son prénom.

— C'est drôle, j'avais jamais pensé à te poser la question... Et avec moi, tu sens une distance aussi ?

— Non, toi t'es ma sœur. Puis, comme j'étais plus grand que toi, je me suis toujours senti responsable.

— Tu parles ! T'as juste deux ans de plus et, comme les filles sont en avance, c'est comme si on avait le même âge. Je suis peut-être même plus vieille que toi mentalement, va savoir.

— Si ça peut te faire plaisir. Bon, j'ai fini, on va voir les ancêtres ?

— Je prends ma douche, avant.

— D'accord, ça va peut-être te faire grandir.

— Arrête, je fais déjà un mètre soixante-quatre.

— Ouais! Mais, avec ta tendance à élargir du bas, tu perds au moins quatre centimètres.

— Toi, mon... mon...

N'arrivant pas à trouver le mot qui la soulagerait, Audrey lui lance tout ce qu'elle trouve à portée de sa main. Stéphane éclate de rire et file prudemment dans sa chambre.

Une demi-heure plus tard, ils retrouvent leurs parents qui sont déjà au travail. Dans le salon qui jouxte leur chambre, ils ont fait installer un bureau supplémentaire et une grande table qui dévore presque toute la place. Patrick y a étalé ses photos, démontrant ainsi son utilité. Armés de loupes, Linda et lui sont occupés à les détailler avec minutie.

— Tu vois, c'est juste là. Sur ce cliché, on aperçoit la ligne gravée.

— Qu'est-ce qui est gravé ? demande Stéphane en entrant.

— Ah! Bonjour, mes chéris. Bien dormi ?

Stéphane cherche déjà à deviner l'indice sur les photos.

— Comme des loirs... Mais c'est quoi le mystère ? Raconte. Avec cette tête-là, c'est sûr que tu as découvert quelque chose.

Linda fait un clin d'œil à Patrick, puis s'installe dans un des fauteuils.

— On ne peut rien leur cacher à ces deux-là. Eh bien, voilà! Hier, sur le terrain de fouilles, on a dégagé un squelette et on l'a transporté dans un labo pour une étude plus poussée.

— C'est là que ça devient intéressant, je parie! suppose Stéphane.

— Oui, car ce monsieur, s'il semble contemporain de l'homme de Neandertal, possède, en fait, un squelette moderne.

— Et une phrase gravée sur le fémur, ajoute Patrick.

— Les hommes des cavernes savaient écrire! Ça c'est la «une» pour tes journaux, papa! s'exclame Audrey.

— Malheureusement non, Audrey, tempère Linda. D'après le vocabulaire employé, la phrase semble avoir été inscrite là vers le XVIe siècle.

— Et ça dit quoi? «Salut, je m'appelle Harnold»?

— Non, c'est une phrase plutôt sibylline: «Ne regardez jamais le jaguar en face. En cas de danger, remettez-le dans ses traces»!

— C'est peut-être un conseil aux chasseurs.

— Très drôle, Stéphane. Tu vois, moi, je me demande plutôt pourquoi quelqu'un grave une phrase comme ça sur un squelette ancien, et ensuite le laisse là. Ça sert à quoi, ça s'adresse à qui ?

— Bien à toi, ou du moins à la personne qui le trouvera.

Linda digère la réflexion d'Audrey. Aussi simpliste qu'elle paraisse, cette réponse est logique. Linda a toujours fait attention aux réactions de ses enfants. La voix de l'intuition ou de la candeur fournit souvent des indications plus judicieuses que la science.

— Peut-être, mais dans quel but ?

— Il n'y avait rien d'autre avec le squelette ?

— Nous n'avons rien trouvé, mais ça ne veut rien dire. J'ai constaté que, le lendemain du début des travaux, certains endroits avaient fait l'objet de fouilles anarchiques. Il y avait plein de trous, dont deux à proximité du squelette. J'ai fait poster des gardes, mais il est tout à fait possible que quelqu'un ait trouvé autre chose.

— Mais, dis donc, m'an, le site, il date du Neandertal ?

— Non, de l'époque maya.

— Alors qu'est-ce qu'il fichait là, ton squelette ?

— Bonne question, à laquelle je n'ai pas de réponse.

— Le jaguar, il représente quoi ici ?

— Eh bien, c'est un des symboles guerriers du courage, mais aussi de la conquête. Ce qui ne nous aide pas vraiment.

— En tout cas, moi, je vais aller explorer les salles du musée et photographier tout ce qui pourrait s'apparenter à un jaguar. On aura peut-être une piste, décide Patrick.

— D'accord, mais tout ça attendra lundi. On a du temps à passer ensemble.

— Où on va ? demande Patrick.

— À Veracruz ! propose Audrey.

— Oui, au bord de la mer.

— Oh là ! Oh là ! C'est à plus de quatre cents kilomètres.

— Et alors, avec le King-Air, c'est à côté.

— Tu as raison.

Et les voilà partis tous les quatre en direction de l'aéroport. Le plein fait et la liste des vérifications complétée, l'avion prend son essor sur la piste d'envol et décolle vers la mer.

Aux commandes, Linda a prévu un petit écart vers le nord, pour faire plaisir à Patrick. Bientôt, ils survolent les ruines de Teotihuacan, à une trentaine de kilomètres de la capitale.

Enchanté, Patrick prend quelques photos, puis Linda revient au plan de vol initial et file vers le golfe du Mexique et Veracruz, pour deux jours de vacances, de baignades et de balades.

Le lundi matin, au grand désespoir de Stéphane et d'Audrey, le collège français de Mexico est encore là, et l'école reprend. Pablo, un ami de Stéphane, vient le rejoindre. C'est un grand gaillard au visage buriné, fils d'un forestier influent. Il est plutôt beau garçon et l'on sent, à ses gestes, qu'il a reçu une éducation soignée.

Il a cependant confié à Stéphane que ce qui l'intéresse, c'est de comprendre le « peuple ». Pour ça, il fréquente les enfants des banlieues et s'efforce de vivre comme eux. Ce qui ne l'empêche nullement de rentrer le soir dans sa belle demeure et de savourer le dîner servi par la bonne de la famille. Pour l'instant, il semble songeur et bien mystérieux.

— Dis donc, tes parents s'occupent bien d'archéologie ?

— Ouais, pourquoi ?

— Parce qu'ils devraient peut-être s'intéresser au trafic des œuvres anciennes.

— Quel trafic ?

— Il y a plein de gens qui ont du mal à survivre ici et ils savent que le pays regorge de richesses venues des Incas, des Toltèques et même des Mayas. Alors, ils vont dans des endroits que même les archéologues officiels ignorent, et ils revendent tout ce qu'ils trouvent.

— Ah! ouais, je sais. C'est partout pareil dans le monde.

— Oui, peut-être, Stéphane, mais moi, j'aime mon pays et ça me fait hurler de voir ça.

— Mais qu'est-ce que tu veux y faire ? C'est à la police de s'en occuper.

— Tu parles! Je crois qu'il n'y a qu'un moyen: photographier ces gens-là discrètement et envoyer leur photo aux journaux. Comme ça, ils seront bien forcés d'admettre qu'ils volent le pays.

— Encore faut-il savoir où les trouver.

— Ça, je le sais. Et toi, tu es bon en photo, non ?

— Bien, j'ai appris, oui. Et puis, je peux me procurer un bon appareil.

— Génial ! Tu as ta mobylette ?

— Oui.

— Alors, rejoins-moi ce soir après les cours, à cinq heures, au coin de Velazco et Bucareli. Tu vois où c'est ?

— Oui, c'est à côté de l'hôtel.

— O.K. Alors, à ce soir.

Stéphane regarde son ami s'éloigner. Il se sent fébrile : enfin de l'action. Mais bientôt, il redevient froid et se met à penser qu'il y aura sans doute du danger. Dans tous les pays où il a voyagé, il a entendu parler de ce genre de bandes organisées qui exploitent les richesses de l'art ancien. Généralement, ce ne sont pas des enfants de chœur.

Stéphane se dit aussi que Pablo, avec lequel il n'a jamais vraiment discuté sérieusement, vient de lui tendre la main pour lui permettre de montrer qui il est. Est-il un trouillard, un indifférent ? Est-il digne d'être un ami ? Cette fois, Stéphane a pris sa décision.

La journée s'étire, les aiguilles de l'horloge semblent tourner au ralenti. Quand, enfin, la sonnerie de fin de cours retentit, soudain tout semble s'accélérer. Stéphane fonce vers la sortie et croise Audrey en compagnie d'une amie. Elle ne comprend pas sa hâte mais, instinctivement, elle lui emboîte le pas. Finalement, Stéphane s'arrête et lui explique en quelques mots de quoi il s'agit.

— Et si je n'avais pas été sur ta route, tu ne m'aurais rien dit ?

— C'est peut être dangereux, Audrey.

— On en a vu d'autres, non !

— Ça, c'est sûr, mais tout de même. Au fait, c'est qui la petite brune qui était avec toi ?

— Ah d'accord ! Tu me bouscules, tu m'oublierais presque, mais tu repères Annabella comme ça, au vol.

— Repères, repères... Quand tu m'as accroché, je me suis trouvé en face d'elle et elle m'a souri, c'est tout. Et puis, elle a des yeux...

— Oui, elle en a deux comme tout le monde. Tu veux que je te la présente ?

— Bien, puisque tu en parles, ouais, d'accord.

— En attendant ton rendez-vous galant, on pourrait peut-être s'occuper des œuvres d'art.

— Tu as raison. On passe chercher les mobylettes.

— On a eu une heureuse idée de louer ça.

Ils entrent en trombe dans l'hôtel, ralentissent d'un coup pour se donner un air naturel et montent à leur chambre.

Stéphane revêt son « uniforme », c'est-à-dire un jean passablement usé, des chaussures sport et sa fameuse ceinture qui, sous des airs anodins, cache une boussole, un minicouteau, des allumettes, une lame de scie et divers petits accessoires que Stéphane considère comme indispensables.

Quant à Audrey, fidèle à ses habitudes, elle se glisse dans la chambre des parents qui doivent être quelque part sur le terrain de fouilles et leur laisse un petit mot, expliquant qu'ils se rendent chez des amis. Ensuite, elle ouvre la garde-robe pour y choisir une des chemises, de style militaire, de son père.

Elle a toujours aimé les vêtements larges. Pourtant, chaque fois qu'elle entre dans une boutique, elle achète invariablement quelque chose à sa taille, trop timide pour se laisser aller à choisir ce qu'elle aime. Elle a bien cherché à comprendre ce comportement bizarre mais, avec le temps, elle y a renoncé.

Prêts à l'action, ils se retrouvent bientôt sur leurs mobylettes qui, dans une joyeuse pétarade, les entraînent vers le lieu de rendez-vous. Déjà là, Pablo fait la grimace en voyant Audrey.

— Bon, suivez-moi.

Il enclenche la barre de son vieux Solex, une véritable pièce de musée, qui, selon lui, facilite le contact avec les jeunes qu'il veut fréquenter : ça fait moins riche. Il pédale, debout, pour lancer le moteur qui soudain s'emballe. Pablo se rassoit sur la selle et file à la vitesse maximale de son engin. Audrey et Stéphane suivent sur leurs machines de location, freinant régulièrement pour ne pas le distancer.

Ensemble, ils empruntent la rue Bucareli jusqu'au grand carrefour, puis coupent par la Robles Domingues jusqu'à l'Antigua Carretera a Pachuca, qu'ils remontent vers le nord.

Juste après avoir traversé le rio de los Remedios, Pablo quitte la route et s'engage dans un dédale de petites rues, jusqu'à une sorte de décharge publique camouflée derrière une clôture de bois. Là, de jeunes enfants fouillent dans les détritus à la recherche d'un trésor ignoré. À leur vue, ils s'approchent et l'un d'eux sort d'un petit sac de toile une statuette de terre, peinte de couleurs vives.

Audrey et Stéphane, qui ont appris beaucoup de choses en archéologie, l'examinent avec soin. Il s'agit soit d'un faux extraordinaire, soit d'une pièce authentique et, si c'est le cas, les voici sur une piste. Dans un dialecte qu'ignorent totalement Audrey et Stéphane, Pablo parlemente un long moment avec l'enfant et ses deux amis. Puis, il se tourne vers eux et leur annonce :

— Manuel me dit qu'ils viennent juste de voler cette pièce dans un chargement. Ils veulent bien nous montrer où. Laissez les mobylettes ici. Leurs amis vont veiller dessus, il ne leur arrivera rien.

Tout de même hésitants, les trois jeunes gens se lancent en courant à la suite du jeune Manuel et de quatre autres enfants qui n'ont pas révélé leur nom. Le reste des amis de Manuel demeurent en faction près des mobylettes.

Rapidement, Audrey et Stéphane ne savent plus où ils se trouvent. Ils sautent par-dessus des portions de mur, slaloment au milieu de tas de détritus, puis entrent dans les ruines d'un bâtiment industriel. Manuel leur fait signe de s'arrêter tout en s'aplatissant au sol. Les autres l'imitent et s'approchent en silence.

Allongés sur la pierraille, ils découvrent une vieille camionnette blanche stationnée au centre de l'ancienne cour de l'usine. Deux hommes, armés de fusils, inspectent les environs, l'œil aux aguets.

Un second véhicule arrive, une vieille Dodge rouge brique, et vient se garer contre les ruines. Un homme en descend et va soulever la bâche à l'arrière, découvrant des caisses soigneusement entassées. Se servant d'un pied-de-biche, l'homme ouvre la première.

Il en retire une statuette qu'il vient montrer aux deux types armés. L'un d'eux acquiesce, puis parle dans un émetteur-récepteur portatif avant d'aller aider l'autre à sortir la caisse. Un des jeunes amis de Manuel s'éloigne avec prudence, descendant en direction de la camionnette.

À ce moment, une Mercedes toute neuve pénètre dans la cour. La clarté qui s'infiltre entre les bâtiments fait naître des reflets sur la carrosserie rutilante.

Un chauffeur en livrée sombre en descend et vient ouvrir la portière arrière. Un homme en costume blanc, moustachu, le teint olivâtre et les cheveux bruns coiffés avec soin, en sort. Il tient une cravache à la main et, avec des gestes nerveux, s'en donne des coups légers sur la jambe droite. Il semble autoritaire et dur.

Il s'approche de la caisse, fait signe à un des hommes qui lui présente alors chacun des objets qu'elle contient.

Soudain, l'homme fait un geste de sa cravache et tend la main. Son séide lui remet les objets qu'il tient, deux petits cubes d'obsidienne qu'Audrey et Stéphane ont du mal à distinguer de loin.

L'homme les examine avec soin, adresse quelques ordres brefs et regagne rapidement son véhicule. Le chauffeur donne une liasse de billets aux autres, avant de reprendre son poste au volant.

La Mercedes démarre, pendant que les hommes de main transfèrent le chargement dans la camionnette blanche.

C'est alors qu'Audrey donne un coup de coude à son frère et lui désigne, tout près de l'arrière de la Dodge, l'ami de Manuel qui, profitant de l'éloignement des hommes, a ouvert une seconde caisse et y prend un objet au hasard.

Un des deux types armés contourne la camionnette et aperçoit le jeune garçon. Il lui ordonne de s'arrêter, mais l'enfant prend ses jambes à son cou et fuit entre les pans de mur. L'homme, sans hésitation, fait feu. Manuel, courageusement, ramasse une pierre et la lance vers le tireur, attirant l'attention sur lui. Le malfrat, un instant déconcerté, tire en direction de Manuel.

C'est la débandade chez les jeunes. Pablo accroche le bras d'Audrey et l'entraîne, Stéphane leur emboîte le pas. Ils courent à en perdre haleine jusqu'à leurs mobylettes et là, ils s'arrêtent, essoufflés et apeurés.

— Ils sont dingues, ces types. Ils auraient pu nous tuer ! Heureusement qu'ils tirent comme des manches.

Le jeune garçon les rejoint, avec la statuette volée à la main. Stéphane l'examine avec soin et demande à Pablo :

— J'aimerais la faire examiner par ma mère.

— Rosario ne te la laissera pas sans que tu la paies, c'est comme ça qu'il gagne sa vie.

Stéphane et Audrey retournent leurs poches et sortent tout l'argent qu'ils ont sur eux. La somme paraissant convenir à Rosario, il leur laisse la statuette.

— On ferait mieux de ne pas rester dans le coin, ces types-là risquent de faire le tour.

Pas besoin de le répéter deux fois, voici la petite troupe qui se divise. Stéphane et Audrey remontent sur leurs mobylettes et Pablo sur son Solex. Tous trois filent vers la route.

Alors qu'ils entrent en ville, la camionnette blanche les dépasse, heureusement sans que les occupants ne les reconnaissent. Toujours pratique, Audrey relève le numéro d'immatriculation, à tout hasard.

De retour à l'hôtel, ils retrouvent leurs parents à qui ils racontent leur mésaventure. Une fois passés les cris, les inquiétudes et les remontrances d'usage, Stéphane montre la statuette à sa mère qui l'examine avec soin.

— Elle est en lave basaltique, c'est une représentation assez commune de Chalchihuitlicuc, la déesse de l'eau. Elle protégeait aussi les nouveau-nés.

— Comment t'arrives à te souvenir de noms pareils, Chachlitruc?

— Chalchihuitlicuc, Audrey, ça veut dire : « Celle qui a une jupe de pierres précieuses. »

— Dommage qu'elle n'en ait pas, des pierres précieuses, regrette Stéphane. Oh, dis donc, Patrick, si on essayait de dessiner un portrait-robot de l'homme au costume blanc?

— On peut toujours essayer. Tu l'as assez bien vu?

— Je crois, Audrey aussi.

Patrick accepte. Il connaît ses enfants et sait bien qu'avec eux il vaut mieux participer que protester, car ainsi ils n'agiront pas inconsidérément. Puis, après tout, il partage avec eux le goût de l'aventure.

Patrick s'installe donc dans un fauteuil, calepin et crayon en main, et, suivant les indications d'Audrey et de Stéphane, réussit à établir un portrait assez ressemblant de l'homme au costume blanc. Il en fait alors une photo avec un appareil numérique, puis entre l'image sur l'ordinateur pour y apporter les dernières retouches.

— Tu es génial, papa. C'est drôlement ressemblant !

— Reste à savoir qui il peut bien être. Bon, on verra !

Patrick ramasse ses affaires ainsi que le portrait-robot, et range le tout dans sa serviette de cuir.

— Et la prochaine fois, vous ne partez pas comme ça sans nous prévenir. Je vais être morte d'inquiétude, insiste Linda.

— Ne t'en fais pas. On est prudents.

*L*e lendemain, Linda et Patrick se retrouvent au musée de Mexico pour y rencontrer le conservateur. Ils demandent l'autorisation de photographier des objets en rapport avec le mythe du jaguar.

Intrigué, le conservateur demande quelques précisions afin de mieux les guider. Depuis l'intervention de Renaud, il se sent important et tout disposé à aider ces étrangers.

Patrick sort les photos montrant la phrase inscrite sur le squelette. Le conservateur, perplexe, regarde les clichés et approuve leur démarche.

— Cette phrase n'évoque rien pour moi, aucune légende ni document ou stèle, mais ce ne sont pas les représentations de jaguars qui manquent.

Il repose la photo et avise le portrait-robot qui se trouve dans le paquet sorti par Patrick.

— Ah! Shetoyan! C'est assez ressemblant, vous avez du talent.

Patrick réfléchit très vite.

— Euh! en fait, c'est un étudiant, un ami de mon fils, qui me l'a confié pour me montrer ses dons. Il voudrait venir sur les fouilles pour y exécuter des croquis. Moi, personnellement, je ne connais pas ce monsieur.

— Oh! vous devriez. Shetoyan est l'un de nos plus éminents connaisseurs en antiquités, en plus d'être un généreux donateur. C'est grâce à lui que nous avons un laboratoire si bien équipé.

— Eh bien, pour une coïncidence! Il faudra que je demande à cet étudiant de vous en faire un portrait, il ne serait que justice que ce monsieur Shetoyan soit présent dans ce musée.

— Il n'aime guère être photographié ou représenté. Je suis même fort étonné que votre étudiant ait réussi cet exploit. Il doit être très proche de Shetoyan qui, bien que mécène, a la réputation d'être un homme très dur. On raconte bien des

choses sur son compte, mais moi, j'ai
plutôt de bons rapports avec lui.

— Bien. Alors, monsieur le conservateur, cela ne vous dérange pas que nous
explorions un peu les caves du musée,
une piste nous aiderait vraiment pour
compléter les fouilles.

— Non, non, bien sûr, faites comme
chez vous. De toute manière, il y a
tellement d'artefacts dans les sous-sols
qu'une découverte serait la bienvenue
pour relancer un peu l'intérêt du gouver-
nement. Nous avons bien besoin d'espace supplémentaire.

— Merci infiniment.

Linda laisse Patrick à ses photos et
sort du musée pour aller téléphoner aux
enfants qui profitent d'une journée de
congé. Après leur avoir révélé le nom de
l'inconnu du portrait, elle raccroche, les
yeux perdus sur le lac Chapultepec tout
près, se demandant déjà quelle bêtise ses
rejetons ont en tête.

Elle a bien raison, car Audrey et Stéphane ne restent pas inactifs. Audrey
entre sur le réseau Internet et commence
à explorer toutes les informations dispo-
nibles concernant Shetoyan.

Le profil qu'elle obtient bientôt, bribe après bribe, est pour le moins surprenant.

Shetoyan est un autodidacte très actif dans le domaine de l'archéologie, avec une prédilection pour les découvertes insolites.

Ses origines, de même que celles de sa fortune, sont, par contre, très floues. Il possède des propriétés un peu partout dans le monde et voyage énormément.

Il semble non seulement accueilli et respecté par les plus grands, mais il a une influence certaine dans les domaines scientifiques. On lui attribue également des opérations un peu douteuses de contrebande d'or et de diamants avec le Brésil, mais, apparemment, il n'a jamais fait l'objet d'une arrestation ni même d'une enquête. Il semblerait que jamais aucun témoin ne se soit présenté contre lui. Voilà de quoi intriguer et faire frémir Audrey et Stéphane.

— D'après toi, ça veut dire quoi, aucun témoin ?

— Je préfère ne pas trop imaginer. Cherchons plutôt l'adresse de Shetoyan à Mexico.

Au bout d'un certain temps, ils apprennent qu'il demeure dans la partie la plus riche de la ville.

— Qu'est-ce que tu dirais d'aller te balader un peu, Audrey ?

Sa sœur lui fait un large sourire.

— J'y pensais, justement. Un peu d'air nous fera le plus grand bien.

À cheval sur leurs mobylettes, ils filent bientôt vers la Villa Alvaro Obregon, en banlieue de Mexico. Une vingtaine de kilomètres après, les voilà sur les bords du petit lac Presa de Mixocac. Ils longent un long mur d'enceinte de trois mètres de haut et parviennent à une grille fermée qui correspond à l'adresse de Shetoyan.

Des caméras pointent leurs objectifs sur l'entrée. Plus loin, dans l'allée qui se perd au milieu des arbres, Audrey et Stéphane distinguent les silhouettes de deux gardes armés.

— Dis donc ! Il n'est pas d'approche facile, le mécène ! constate Stéphane, dépité.

— On va faire le tour et inspecter un peu.

Sitôt dit, les voilà qui suivent de nouveau le mur, constatant que, à intervalles réguliers, d'autres caméras surveillent les alentours. Poursuivant leur tour, ils découvrent cependant un endroit où un arbre obstrue la vue de l'appareil de surveillance.

Ils se cachent derrière le tronc et commencent à l'escalader avec prudence. Parvenus aux branches qui surplombent le mur, ils regardent enfin de l'autre côté et aperçoivent l'arrière d'une vaste maison, très luxeuse, jouxtée d'une piscine de dimension olympique. Mais, en prêtant plus d'attention, ils en viennent vite à la conclusion que cette demeure charmante est un véritable blockhaus. Une batterie de caméras scrutent le moindre centimètre. Des gardes, dont certains sont accompagnés de chiens, sillonnent les pelouses.

— Regarde là, indique Audrey.

Suivant son regard, Stéphane découvre à son tour une sorte de bâtiment à moitié enfoui sous terre. Une rampe descend vers une porte barricadée, seul accès visible, et, juste devant, la camionnette blanche aperçue la veille.

— Ça doit être là qu'il garde ses trésors.

— Ouais! Il va falloir penser à la manière d'aller y jeter un coup d'œil.

— Attends!

Audrey sort de son sac un appareil photo numérique.

— J'ai emprunté ça à papa. Au moins on se fera une idée plus précise sans s'abîmer les fesses sur ces branches.

— Toujours douillette, hein !

— J'aime bien le confort, j'y peux rien.

— Pourtant, tu es plutôt rembourrée.

— C'est pas le moment, toi !

— O.K. ! O.K. ! J'ai rien dit.

Audrey règle l'objectif et, avec méthode, photographie tout l'espace visible, utilisant le zoom pour certaines parties de la maison et surtout le bâtiment enterré.

— Ça y est ! on file.

— Attention à la caméra.

Ils redescendent de l'arbre, en s'assurant de rester toujours collés au mur.

— S'ils surveillent, ils doivent se demander ce qu'on fait. Ils risquent de venir, s'inquiète Audrey.

— Attends, j'ai une idée.

Il prend sa sœur dans ses bras et la serre comme un amoureux.

— Qu'est-ce que tu fais ?

— Laisse-moi faire, joue le jeu.

Audrey comprend le stratagème et noue ses bras autour de son frère. Ils tournent autour de l'arbre, se montrant à la caméra.

Si les gardiens se posent des questions, ils sont rassurés à coup sûr : un jeune couple d'amoureux qui vient de s'arrêter pour échanger un long baiser.

Audrey et Stéphane roulent de nouveau contre l'arbre, revenant vers leurs mobylettes qu'ils enfourchent. Ils font demi-tour et s'éloignent à fond de train.

Trois quarts d'heure plus tard, ils réintègrent leur chambre d'hôtel. Audrey branche l'appareil photo sur l'ordinateur pour y transférer les images. Sur l'écran, la maison apparaît dans tous ses détails.

— Extraordinaires, ces machines, quand même !

— Ouais ! Regarde la porte du bâtiment enfoui, une vraie forteresse, ce truc.

En effet, la porte semble très épaisse et renforcée de toutes parts. Une serrure numérique en ferme l'entrée.

— C'est certainement pas sa collection de timbres qu'il cache là.

À cet instant, Linda entre dans leur chambre.

— Qu'est-ce que vous complotez, tous les deux ?

— On a trouvé où habite Shetoyan. Regarde ça, il y a des gardes partout.

Linda examine les images et fait la grimace.

— Oui, ce type n'a pas l'air très honnête, mais nous n'avons aucune preuve contre lui. À la limite, ce n'est qu'un collectionneur qui achète des pièces provenant de pillages. Il pourrait toujours dire qu'il tente de sauver le patrimoine.

— Et la camionnette, alors! proteste Stéphane.

— Avec les dons qu'il distribue tous azimuts, personne ne mettra sa parole en doute. De plus, rien ne dit que c'est lui qui incite au vol. Vous devriez laisser tomber.

— Quoi! s'exclament-ils ensemble, outrés.

— Et puis je n'aime guère que vous preniez autant de risques. On ne sait jamais avec ces gens-là!

— Et papa, il a trouvé quelque chose?

— Je ne sais pas. Pour le moment il arpente les sous-sols du musée.

En arrivant au lycée le lendemain, Stéphane et Audrey retrouvent Pablo.

— Pablo, il faudrait absolument qu'on rencontre de nouveau Manuel et ses amis.

— Pourquoi ?

— On voudrait savoir s'ils connaissent l'endroit où ces hommes prennent les objets. Pas question de les trahir, eux, on veut juste tenter de trouver une piste démontrant que Shetoyan est impliqué.

— Ça ne sera pas facile. N'oubliez pas que, d'une certaine façon, c'est lui qui les paie aussi. Mais je vais essayer.

— O.K., Pablo.

Sur ces entrefaites arrive Annabella, l'amie d'Audrey. Stéphane la dévore des yeux et elle lui fait un grand sourire. Il en rougit presque, puis décide de se lancer :

— Euh ! Annabella, ça te dirait d'aller prendre une glace à la sortie ?

— D'accord, on se retrouve à l'entrée.

Audrey, qui n'en croit pas ses oreilles, regarde son frère, l'air fâché.

— C'est ça : à la sortie pis à l'entrée, c'est d'une logique !... Et moi, qu'est-ce que je fais ?

— Ce que tu veux, Audrey. Tu es une grande fille.

— Ah bon ! D'accord ! Tu viens Annabella ?

Annabella lui emboîte le pas, non sans faire un petit signe de la main à Stéphane. Audrey est outrée.

— Alors, tu vas sortir avec mon frère ?

— Audrey, on va juste manger une glace. Et puis, il est beau ton frère.

— Stéphane ?

— Oui, Stéphane, et il n'est pas bête du tout.

— Et tu comptes aller jusqu'où avec lui ?

— J'en sais rien... on verra.

Cette fois, Audrey se tait. Elle sait bien que son frère a plutôt le don d'attirer les filles, mais c'est la première fois qu'il « s'attaque » à l'une de ses amies. Cette simple constatation l'amène à penser à son frère fort différemment. À seize ans, il a sûrement déjà « couché ». Soudain, elle se rend compte que c'est à ses propres questions qu'elle tente de répondre.

Elle a déjà eu des petits amis, elle aussi, mais ses relations avec eux n'ont jamais dépassé le cap des baisers appuyés et de quelques jeux de mains.

À quatorze ans, elle se demande quand on doit franchir le pas fatidique. Lorsqu'elle en parle avec ses copines, elle a souvent l'impression de passer pour une demeurée.

Avec tous les voyages qu'ils font, Audrey a décidé une fois pour toutes de connaître le grand amour. Elle a déjà eu bien des propositions, mais elle commence à les connaître un peu, les garçons : seul flirter semble les intéresser.

Cependant, la chose la titille, elle doit bien le reconnaître. À l'instant précis, elle envie un peu Annabella et son frère. Que vont-ils « faire » ensemble ?

Audrey se sent tout à coup de très mauvaise humeur. Ce qu'elle aime, ce sont les aventures, les vraies, pas les aventures amoureuses. C'est pour ça qu'elle étudie, pour savoir tout ce qui pourrait l'aider, le cas échéant.

Sur le terrain de fouilles, Linda s'est remise à la tâche et inspecte les travaux de l'équipe. Depuis la découverte du squelette, seuls des débris de poteries et une statue brisée de Quetzalcoatl ont été retrouvés. Linda se remet à épousseter avec les autres, attaquant une nouvelle couche qui dégagera le sol sur un mètre supplémentaire.

C'est sans doute un autre jour de chance car, à peine a-t-elle déblayé un peu l'endroit où se trouvait le squelette, qu'elle aperçoit la pointe dorée d'un objet. Avec fièvre, elle le dégage et découvre un morion, sorte de casque à deux pointes relevées, l'une à l'avant et l'autre à l'arrière : le casque d'un soldat espagnol, un conquistador. Émerveillée, Linda soulève l'objet, extraordinairement bien conservé.

Dans sa tête les questions affluent. Elle ne comprend pas comment un objet du XVIᵉ siècle se retrouve sous un squelette ayant trois mille ans. Et puis la petite phrase d'Audrey lui revient en mémoire : « Peut-être pour que tu le trouves ! »

Est-ce que tout ceci serait intentionnel ? L'hypothèse lui semble totalement incroyable, mais pourquoi pas. Elle dégage la terre qui recouvre le casque et reste bouche bée : sur l'avant du morion, la tête d'un jaguar, gueule ouverte, la fixe.

De plus en plus attentive, elle procède alors, loupe en main, à une inspection minutieuse des ornements. Entre des méandres floraux, elle déchiffre un nom, peut-être celui du propriétaire : Don Felipe Da Gozal. Elle pose sa loupe et inspire un grand coup. Tout lui paraît encore plus étrange.

Elle connaît la passion de Bular pour cet Espagnol étonnant qui n'a, semble-t-il, pas marqué l'histoire, mais qui, pourtant, est devenu une véritable obsession pour son patron. Pourquoi ce casque est-il là, orné d'un jaguar et placé sous un squelette qui met en garde sur l'attitude à observer face à cet animal ?

Linda a nettement l'impression de nager en plein mystère. Elle ressent quelque chose de bizarre en elle. Elle regarde

tout autour; personne ne semble s'intéresser à elle. Alors, Linda fait quelque
chose dont elle ne se serait jamais crue
capable : elle enveloppe rapidement le
casque dans la toile qui lui sert de parasol et, paquet sous le bras, marche le plus
calmement possible vers sa voiture.

Avec précaution, elle place le casque
sous le siège et démarre lentement pour
prendre la route vers l'avion, puis l'hôtel.
En elle monte un impératif besoin de
solitude et de réflexion.

Patrick, de son côté, arpente le sous-
sol du musée. Il a déjà pris plusieurs
clichés d'objets incongrus qu'il se propose de vendre avec un article titrant :
« Les secrets de la réserve du musée de
Mexico ». Mais il n'a toujours rien trouvé
qui évoque un jaguar, excepté les traditionnels accoutrements de guerre de certains Incas s'opposant aux conquérants
espagnols.

Après s'être allongée une trentaine de minutes pour réfléchir, Linda décide d'appeler Bular pour lui annoncer sa découverte. Elle doit précipitamment éloigner le combiné de son oreille tellement Bular hurle sa joie.

— Je vous envoie Vital. Il va s'occuper de négocier avec Mexico. Je tiens absolument à l'acquisition de cette pièce. Avez-vous vérifié si des documents mentionnent son passage ?

— Non, pas encore. Il y a moins de deux heures que je l'ai trouvée.

— C'est vrai, c'est vrai, excusez-moi, mais promettez-moi de le faire.

— Je vous le promets.

— Parfait ! Continuez cet excellent travail, le site nous réserve peut-être encore des surprises.

Linda raccroche, satisfaite de son appel. Elle constate après coup que Bular n'était pas du tout surpris, heureux mais pas surpris. Linda a un geste de la main et à haute voix se dit :

« Tu as trop d'imagination ! Il était content, c'est normal. »

À la sortie du lycée, Stéphane retrouve Annabella. Ils s'éloignent tous deux en parlant joyeusement tandis qu'Audrey les regarde, l'air toujours fâché. Pablo passe à côté d'elle et l'accroche par le bras.

— Ah ! Audrey ! Je vais rencontrer Manuel. Je devrais avoir une réponse demain. Tu sais, je suis content que ça t'intéresse de démasquer ces voleurs.

Très vite, il lui plaque un baiser sur la joue, monte sur son Solex et part aussitôt.

Saisie, Audrey n'a eu le temps de rien dire. Elle regarde Pablo qui file dans un nuage de fumée. Machinalement, elle s'essuie la joue. Cette fois, tout lui échappe, elle ne comprend plus rien à rien.

« Qu'est-ce qui lui arrive, à lui ? »

Malgré elle, Audrey se prend à fabuler tout en marchant. Peut-être que Pablo est amoureux d'elle et que, trop timide, il n'ose pas le lui avouer.

«Non, ça se peut pas!» décide-t-elle, à haute voix.

Car, en même temps, elle se souvient des regards que Pablo portait sur Annabella à chaque rencontre. Alors, philosophe, mais aussi un peu résignée, elle commence à libérer la chaîne qui retient sa mobylette tout en continuant son dialogue intérieur.

D'un coup, elle se redresse et émet son verdict à haute voix, encore une fois, sans doute pour qu'il devienne une réalité tangible.

«Je ne serai jamais la cinquième roue du carrosse. Alors Pablo, désolée, tu es quelqu'un que j'aime bien... peut-être quelqu'un que j'aurais... aimé... mais pas question... disparais de ma vie... »

Tout en disant cela, elle s'est retournée et elle se trouve face à la vitrine d'un fleuriste qui lui renvoie le reflet d'une fille parlant toute seule.

«Je deviens dingue, moi. Il ne m'a rien dit et je ne veux rien entendre. Oh là! C'est vraiment pas encore le temps de m'embarquer dans des histoires d'amour.»

Stéphane entraîne Annabella vers un marchand de crème glacée. Ils y font l'achat de deux cornets puis s'installent à une petite table, sous un parasol.

— Je suis bien content que tu aies accepté de sortir un peu avec moi, entame Stéphane.

— C'est parce que tu es différent. J'ai trouvé supercool l'exposé que tu as fait avec ta sœur sur la vie que vous menez avec vos parents. Toi, tu voyages beaucoup, tu as vu plein de choses dans le monde déjà. La plupart des autres étrangers restent ici pendant des années. Moi, j'adorerais partir à l'autre bout du monde en avion pour découvrir des traces du passé, ou interroger des gens sur leur mode de vie.

— Ouais mais tu sais, ça, c'est surtout la vie des parents. Audrey et moi, on se retrouve toujours casés dans le collège français du coin. Si on n'inventait pas chaque fois des coups pendables, on s'ennuierait.

— Et ici, qu'est-ce que vous allez faire comme coup?

Stéphane mord dans son cornet et laisse la fraîcheur lui donner le temps de réfléchir avant de se jeter à l'eau.

— Bien, ici on est sur la piste de trafiquants d'antiquités. On va sans doute essayer de les coincer.

Annabella ouvre de grands yeux, surprise et admirative tout à la fois.

— Quoi! Ça ne fait même pas deux semaines que vous êtes arrivés!

Stéphane réfrène un sourire de fierté et, se donnant un air blasé qu'il souhaite du plus bel effet, lâche:

— Oh! tu sais, nous, l'aventure, elle nous suit à la trace. Dès qu'on est quelque part, elle nous saute dessus.

— Et... est-ce que je pourrais venir avec vous?

— Ça pourrait être dangereux, tu sais. Tu n'as pas l'habitude.

— Mais toi, oui, dit-elle, charmeuse.

Cette fois, Stéphane a du mal à avaler sa crème glacée. Les yeux noirs qui le fixent avec tant d'éclat le subjuguent. Comment dire non à une fille aussi jolie et qui, en plus, l'admire autant.

— Bon, écoute, je vais en parler avec Audrey. Si on fait un truc pas trop risqué, on t'emmène. Ça marche ?

— Sûr ! On se promène un peu.

Ils se lèvent et traversent le petit parc Rio de Janeiro. Stéphane, le plus naturellement qu'il peut, entoure de son bras les épaules d'Annabella. Elle ne dit rien.

— J'habite juste là, dit-elle en désignant un immeuble moderne.

— C'est pas loin, dommage.

— On va se revoir.

— Ça, tu peux y compter.

Arrivé devant la porte cochère, Stéphane se penche vers elle et l'embrasse doucement sur les lèvres. Annabella répond à son baiser puis se dégage. Elle pénètre dans l'immeuble, laissant se refermer la porte entre eux. Stéphane reste un moment immobile, un large sourire éclairant son visage, puis lâche un petit cri :

« Super ! Cette fille est géniale ! »

Depuis le matin, Patrick consulte divers documents anciens aux archives privées du musée. Après des heures de vaines recherches, il tombe sur l'étrange récit d'un moine nommé Raphaël.

Le prêtre mentionne le nom de Don Felipe Da Gozal et sa manie d'utiliser un étrange petit appareil en obsidienne doté de trois roues et orné d'une tête de jaguar. Aussitôt attentif, Patrick photographie le passage et le dessin malhabile qui l'accompagne.

Patrick, fatigué, regarde sa montre et décide de rentrer. Il a pris une dizaine de clichés plutôt intéressants et a hâte de voir si Linda peut faire des raccords avec le site des fouilles.

De son côté, Linda a décidé d'en savoir plus. Elle téléphone au conservateur et, usant de son charme et de sa position, lui confie qu'elle aimerait beaucoup rencontrer M. Shetoyan. Après tout, dit-elle, ce n'est pas tous les jours que l'on peut croiser un mécène amoureux des antiquités.

Le conservateur hésite un peu mais, quand Linda précise que sa présence à lui est essentielle à ce souper éventuel, il se rengorge et accepte gracieusement d'entamer les démarches.

Linda repose le combiné, s'approche du miroir et déclare à son reflet :

« Eh bien, on va voir à quoi ressemble l'une de ces soirées si "enrichissantes" de Shetoyan. Et surtout, j'ai hâte de le regarder en face. Il n'y a que comme ça que je sais qui sont les gens. Et puis, je n'ai jamais croisé de trafiquant. »

C'est alors qu'Audrey entre dans la pièce. Elle a une mine renfrognée.

— Mon Dieu, qu'est-ce qui t'arrive ? Où est Stéphane ?

— Il n'y a qu'une seule réponse aux deux questions : il est parti se balader avec une de mes copines.

Linda ne peut s'empêcher de sourire.

— Dis donc, tu n'es quand même pas jalouse de ton frère ?

Audrey se laisse aller à se vider le cœur :

— Je ne suis pas jalouse, mais on est en train de faire une superenquête, on a plein de trucs à élucider et il me laisse tomber comme un vieux kleenex pour aller faire le joli cœur.

— Ça ne t'est jamais arrivé, peut-être ?

— Si, mais là je ne sais pas, ça me fait quelque chose.

— Peut-être que tu aurais aimé que ce soit toi, non ?

Audrey se laisse tomber dans le fauteuil le plus proche.

— Ouais… J'ai jamais couché, maman… C'est bien ? Je veux dire, ça vaut la peine ? Enfin…

— Oh, je vois ! Écoute, c'est vraiment une expérience personnelle à chacun. Je ne peux pas te raconter des histoires. Il y a un moment où toutes les circonstances sont là, c'est tout. Tout ce que je peux te dire, c'est que pour la majorité de mes amies et pour moi d'ailleurs, la première fois n'a pas été le feu d'artifice qu'on imaginait. À part pour une ou deux, qui étaient vraiment amoureuses. C'est peut-être ça la différence. Et puis, tout dépend avec qui, bien sûr.

— Stéphane, lui, ç'a pas l'air de l'avoir marqué.

Linda avale sa salive ; elle ignorait totalement que son fils avait déjà eu des relations sexuelles. Elle tente de ne rien laisser paraître :

— Stéphane a déjà…?

— À seize ans, ça doit, non?

Linda soupire, soulagée.

— Euh! Ce n'est pas sûr. Et puis je pense que pour un homme, ce n'est pas tout à fait la même chose, ça n'a pas autant d'importance… émotionnelle, tu vois. Il faudrait que tu en parles à ton père.

Stéphane arrive sur ces entrefaites. Audrey lui lance, perfide :

— Ça n'a pas été long, dis donc.

— Quoi?

— Ta balade avec Annabella.

— On a juste été prendre une glace et je l'ai raccompagnée. Elle habite à deux pas.

Linda, voulant éviter l'accrochage, intervient rapidement :

— Bon, si on changeait de sujet. J'ai pris une décision tout à l'heure, j'ai appelé le conservateur pour qu'il me fasse rencontrer Shetoyan.

— Quoi! s'écrie Stéphane.

— Qu'est-ce que tu vas lui dire?

— Je n'en sais encore rien, à vrai dire. Et puis, j'ai fait une découverte aussi.

Elle se dirige vers la commode dont elle ouvre un tiroir et en retire le casque espagnol.

— Magnifique !

— Et le plus fou, c'est qu'il y a le nom du propriétaire dedans : Don Felipe Da Gozal.

— Quel nom, dis-tu ? demande Patrick qui entre juste à cet instant.

— Da Gozal, le conquistador dont Bular a le portrait dans son bureau.

— Attends une minute.

Patrick déballe ses appareils photo et en branche un sur l'ordinateur. Au bout d'un instant, la page du livre qu'il a photographiée apparaît.

— Regarde, j'ai justement trouvé son nom mentionné là.

— Incroyable ! Ce type semble vraiment lié à notre présence ici. D'abord son portrait chez le patron, puis son nom sur le casque et dans ce document. En plus, Bular paraissait heureux comme un miraculé quand je lui ai mentionné son nom.

— Tu l'as appelé ?

— Oui, il expédie Vital pour négocier l'achat du morion. J'ai des fois l'impression qu'il en sait plus que nous. Et puis, aujourd'hui, quand j'ai découvert le casque juste sous l'endroit où était le squelette, je me suis demandé si ça n'avait pas été fait exprès.

— Quoi ?

— Eh bien, un morion remonte aux XVe, XVIe siècles. Or, je le trouve sous des ossements qui datent de plusieurs milliers d'années. Donc, ou il y a eu des glissements de terrain surprenants pour mélanger les couches de terre, et j'en aurais trouvé les traces, ou bien quelqu'un a volontairement placé le squelette là, après lui avoir gravé une petite phrase sur le fémur.

— C'est un peu tordu, tu ne trouves pas ?

— Peut-être, mais tout semble indiquer que ce Felipe Da Gozal n'est pas étranger à la chose. Il va falloir fouiller son histoire à celui-là.

— Ouais, et puis il y a la présence du jaguar sur le dessin du livre et sur le casque. Et le nom du morion semble lier directement ce conquistador à toutes ces découvertes.

— Je vais aller voir sur le réseau informatique. Peut-être que quelqu'un a déjà fait des recherches.

— Bonne idée, Audrey.

Sa bonne humeur et son entrain retrouvés, Audrey se met au travail. Stéphane s'apprête à retourner dans sa chambre quand sa mère le prend par les épaules. Un peu indécise, elle demande :

— Elle est gentille, cette fille ?

Stéphane sourit, regarde sa mère bien en face et répond, très détendu :

— Qu'est-ce qu'il y a ? Ne t'en fais pas pour moi, je fais attention, je suis au courant. Ça te va ?

Linda le fixe, encore plus perplexe. Elle découvre un Stéphane qui lui est totalement inconnu.

— Euh ! oui, bien sûr. C'était juste pour...

— O.K., si tu as besoin de conseils, viens me voir, n'hésite pas.

Et Stéphane la laisse, tranquille et pas mécontent de s'en être sorti comme ça. Linda file vers son mari et l'entraîne dans leur chambre.

— Dis donc, tu te rends compte, Audrey m'a dit que Stéphane avait déjà couché avec une fille.

— Ah non, il en a envie seulement. Il tombe amoureux chaque fois qu'une fille lui sourit.

— Tu le savais ?

— Oui, on en a parlé.

— Mais… il ne m'a rien dit.

— Faut bien que je serve à quelque chose de temps en temps, et puis tu les couves tellement.

— Moi, je… je ne suis jamais là.

— Mais quand tu y es…, affirme-t-il, plein de sous-entendus dans la voix.

Offusquée, Linda ne peut articuler qu'un incrédule :

— Ah bien !

Patrick, sentant l'accrochage venir, décide de rompre aussitôt.

— Si on allait voir où en est Audrey et regarder mes photos.

— Tu essaierais de te défiler que ça ne m'étonnerait pas.

— Tout pour éviter les esclandres, tu me connais. Allez, viens.

Ils repassent dans le petit salon où Audrey continue à naviguer, à la recherche d'une information quelconque sur Da Gozal.

— Toujours rien en vue, lance-t-elle.

— Ça ne te dérange pas qu'on jette un coup d'œil aux photos ?

— Non. De toute manière, il faut attendre. J'ai envoyé des appels sur le Net, on verra ce qui nous arrivera dans la boîte aux lettres.

Patrick prend la place de sa fille et entre ses photos numériques qui apparaissent bientôt à l'écran.

— Je n'ai pas pris beaucoup de clichés, à part la page du codex où figure le nom de Da Gozal. Juste des photos d'objets qui m'ont intrigué. Mais je dois bien l'avouer, parfois c'est plutôt en vue d'un article que pour nos recherches actuelles. Le seul truc intéressant, c'est ce portrait de Tezcatlipoca, l'homme-jaguar, qui avait, semble-t-il, le don de savoir ce qui se passait partout dans le monde grâce à un miroir d'obsidienne.

Patrick fait encore défiler plusieurs images, des bas-reliefs, des vases aux formes étonnantes.

— Attends! crie Audrey. C'est un truc comme ça, il me semble, que Shetoyan à mis dans sa poche. Il y en avait deux.

Sur l'écran, l'image figée d'un cube d'obsidienne montre ses flancs sculptés. On y distingue le corps d'un animal qui semble faire le tour de l'objet.

— Il était dans une vitrine fermée, au milieu d'autres antiquités. Je n'ai pas pu

y toucher ni photographier les autres
faces, explique Patrick.

— Tu sais ce que c'est, maman ?

— Aucune idée, je n'ai jamais vu ça.

— Ça nous avance, constate Audrey,
déçue.

— Il faudra demander au conservateur l'autorisation de l'examiner. On aura
peut-être une idée plus précise. Tout ce
que je peux dire, c'est que la forme de
cube est très rare, quelle que soit la culture.

— Ensuite, c'est le texte dont je vous
parlais.

— Que dit-il ?

Linda s'approche un peu plus pour le
traduire :

Au cours de ce voyage, j'ai rencontré
à plusieurs reprises Don Felipe Da
Gozal, cet éminent savant du savoir
caché. En d'autres temps, il aurait été
brûlé en place publique tant son...
discours est hérétique. Il se sert d'une
petite plaquette composée de trois
roues, deux grandes et une petite en
haut, entre les deux autres. Les deux
plus grandes tournent dans le même
sens et la troisième en sens inverse.
À partir des signes qui se croisent,
Gozal détermine ce qui va se produire

ou s'est déjà passé. Il affirme que tout est... affaire de... cycles, oui je crois que c'est ça, cycles. Le jaguar sculpté sur le haut de sa plaquette est pour lui le symbole d'un grand savoir disparu. À plusieurs reprises, il m'a fait la démonstration de l'usage de cette plaquette et ma foi en chancelle un peu. L'homme pourrait-il prévoir les desseins de Dieu ?

— Dis donc, c'est d'une clarté !

— Oh, tu sais, c'était peut-être un savant de son temps qui se sera attardé à mieux connaître les peuples d'ici. Les Mayas étaient des passionnés du temps. Ils utilisaient deux calendriers principaux, un de 104 ans pour les périodes courtes, et l'autre de 5200 ans pour les périodes très longues. Celui-là leur permettait de savoir quand une comète devait passer. On dit même qu'ils pouvaient prévoir les tremblements de terre.

— Ça rejoindrait la légende de ce Tezcatlipoca.

— Oui, sans doute. Ils avaient développé des connaissances complexes. Par exemple, ils avaient deux années, l'une, sacrée, de 260 jours et l'autre, civile, de

360 jours. Chaque jour des deux calendriers portait un nombre et un nom différents. Le premier jour de l'année était toujours une combinaison des deux, ce qui donnait quelque chose comme 93 600 combinaisons possibles. Tu vois, pas facile de s'y retrouver. Alors, ce Da Gozal a peut-être simplifié le système en créant une sorte de règle à calcul.

— Ce qui est déjà génial, quand tu songes aux dizaines de chercheurs d'aujourd'hui qui n'y comprennent toujours rien.

— Ce ne sont pas des choses qui sont vraiment prises au sérieux, c'est pour ça.

— Peut-être que l'on devrait. En tout cas, il ne parle pas des cubes.

À ce moment, le téléphone donne de la voix, les faisant sursauter tous les trois. Linda décroche.

— Ah! monsieur le conservateur! Oui, bien sûr que j'y tiens... La semaine prochaine?... Mardi, vingt heures? Parfait! Merci infiniment.

Elle raccroche.

— Voilà, nous sommes invités chez Shetoyan, mardi prochain.

— Chouette! s'exclame Audrey.

— Euh, il y a un détail, seuls Patrick et moi sommes conviés, pas d'enfants.

— Oh non! C'est toujours pareil! On n'a plus cinq ans! On ne va pas mettre le feu au tapis ni briser les meubles quand même.

— Que veux-tu que j'y fasse? Il invite deux autres couples en plus du conservateur, des notables lettrés qui ont une conversation recherchée et qui n'ont guère le goût d'écouter vos élucubrations.

— Ça va, j'ai compris. Je retourne dans ma chambre me lamenter auprès de mon frère. Lui, au moins, il va comprendre mes frustrations.

Elle sort, se composant une mine déconfite qui, la porte refermée, déclenche le rire de ses parents.

— Tu sais, je crois vraiment qu'on s'ennuierait sans ces deux zigotos-là, constate Patrick avec affection.

Mais il n'ose pas exprimer son inquiétude à haute voix. Il les connaît bien ses enfants et, déjà, il redoute ce qu'ils pourraient bien manigancer.

4

*L*e lendemain, à la sortie des cours, Pablo, Audrey, Stéphane et Annabella se retrouvent. Pablo semble déconfit.

— Manuel m'a dit qu'il ignore complètement d'où viennent les pièces. Tout ce qu'il connaît, ce sont les endroits où se font les ventes. C'est là qu'ils dérobent certains objets, comme l'autre jour. D'après lui, ils viennent d'assez loin, parce que les types de la Dodge utilisent le dialecte cacique. Manuel pense que l'un d'eux vient d'Ocosingo, d'après une remarque qu'il a faite. C'est tout ce que je peux vous dire.

— Bon, la grande aventure sera pour un autre jour, constate Annabella.

— C'est où Ocosingo ? questionne Audrey.

— Pour ce que j'en sais, c'est pas loin de Palenque. Je n'y suis jamais allé, mais j'ai vu ce nom-là sur des publicités pour touristes.

— Palenque! Ce n'est pas loin des fouilles!

— Drôle de coïncidence, encore une fois.

— Dites donc, on est en vacances pour quatre jours à partir de demain, non?

— Oui, pourquoi?

— Pour une fois que les vacances scolaires ont du bon, vous n'aimeriez pas aller vous balader sur les ruines de Palenque.

— Tu es folle, c'est bien trop loin!

— Ça dépend... Laisse-nous faire du charme.

Le charme ayant opéré, le King-Air prenait son envol le lendemain vers Palenque. À son bord, il emportait toute la petite bande pour une partie de plaisir et la visite du site des fouilles et d'un lieu culturel traditionnel. Patrick et Linda avaient assez facilement cédé aux demandes de leurs rejetons. De toute manière, ils devaient aller là-bas et ils préféraient les avoir plus ou moins sous les yeux. Au moins, se disaient-ils, en pleine forêt et au milieu de ruines, ils ne pourraient pas faire de bêtises... Quoique...

À peine arrivés, les jeunes déposent leurs sacs au campement et partent, avec Linda, à la découverte de la pyramide aux onze arches rectangulaires, qui dissimule l'un des plus grands mystères de l'archéologie.

Après avoir escaladé un escalier abrupt, ils entrent dans une pièce sombre qu'ils traversent rapidement, puis en gagnent une autre d'où part, à même le sol, un escalier étroit et glissant. L'humidité est forte et une étrange odeur les prend au nez. Au bout d'un long moment de descente, à peine éclairés par de faibles ampoules, ils arrivent au-dessus de la Dalle de Palenque. Le lieu a été aménagé pour permettre aux touristes d'avoir une vue plongeante sur la dalle sculptée.

— Voilà, dit Linda, c'est elle qui a fait couler tant d'encre.

Les quatre jeunes n'en reviennent pas, la vision est étonnante. Chacun d'eux a déjà vu des photos de la dalle, mais là, dans cette demi-obscurité, tous les fantasmes archéologiques semblent permis. Linda, qui prend plaisir à leur étonnement, s'applique à l'entretenir :

— Le pied maya fait 353,553 millimètres. Vous ferez les calculs vous-mêmes après. Pour vous donner une idée, cette crypte fait huit pieds mayas de large et, au centre, elle a une hauteur de onze pieds. La dalle, qui recouvre un sarcophage, a dix pieds et demi de long et six de large. Quant à l'interprétation de la sculpture qui y figure, je suppose que vous préférerez y voir un astronaute, comme beaucoup de gens. Je vous laisse imaginer.

Et ils ne s'en privent pas. Il faut dire que la représentation favorise le rêve. Une frise délimite un rectangle dans lequel un homme semble assis sur un étrange siège. Devant lui, un prolongement en ovale se termine par une pointe ornementée. L'homme a les mains posées sur d'autres éléments qui font penser à un pilote tenant le guidon d'une moto.

Mais, l'imaginaire œuvrant, les jeunes voient très bien, et sans hésitation, ce qu'ils ont lu : un pilote de fusée assis sur une tuyère qui crache son feu. L'astronaute dirigeant son engin les yeux fixés sur le ciel.

— C'est incroyable ! lâche Pablo. Depuis le temps que je la vois en photo ! Mais d'où venait-il, ce type de l'espace, madame ?

— Si c'en est un, nous l'ignorons totalement. Les archéologues traditionnels penchent pour des explications plus normales, comme la représentation de l'âme de l'homme qui devait être enseveli ici et qui rejoint le monde des dieux.

— Moi, je préfère un astronaute, décide Stéphane. C'est plus tripant.

Le regard plein de songes fous, ils ressortent de la pyramide, se cachant un instant les yeux du soleil qui les éblouit. Ils ont l'impression d'être de retour d'un voyage dans un monde féerique.

— Bon, je vous laisse poursuivre par vous-mêmes, il faut que je travaille un peu, dit Linda.

Les jeunes passent cette première journée à explorer le reste du site, s'émerveillant de la culture qui a pu créer une ville aussi vaste et riche.

— C'est aussi beau que Pompéi, mais en plus impressionnant, estime Audrey.

— Oui, ici on dirait qu'il y a encore de la vie. C'est bizarre.

Revenant au campement, ils lient conversation avec Émilien, un des ouvriers du chantier, originaire de la région. Audrey lui fait part de sa réflexion. L'homme la regarde attentivement puis, très sérieux, déclare :

— Les Mayas sont toujours vivants. J'en suis un, mais nous ne sommes plus très nombreux aujourd'hui. Tout le monde vient ici pour s'emparer de la mémoire de mon peuple, mais on oublie qu'il survit.

— Vous êtes un vrai Maya ! s'exclame Annabella, admirative. J'ai toujours cru que ça datait d'il y a très longtemps. Ils ne nous disent pas ça à l'école.

— Il y a bien des choses qu'on ne dit plus aux jeunes.

— Vous pourriez nous en montrer plus. Nous, on en parlera et on le montrera, affirme Stéphane en exhibant son appareil photo.

Le vieil homme hésite. De la main, il leur fait signe d'attendre et se dirige vers Linda, à qui il parle rapidement, puis il revient vers eux.

— Venez!

Il les fait monter dans une Jeep et démarre sur la petite piste de terre battue, laissant derrière eux un long nuage de poussière rouge et ocre.

Émilien conduit rapidement mais avec prudence. Après une demi-heure sur une piste digne d'un parcours de moto-cross, il grimpe une colline et arrête le véhicule.

Ils en descendent et suivent l'homme qui, déjà, s'est engagé sur un sentier étroit. Au bout d'une dizaine de minutes, ils débouchent au sommet de la colline et y découvrent un cimetière qui ressemble à un décor de film. Des planches courbes jonchent le sol, à intervalles réguliers; devant chacune d'elles, une croix est plantée. Toutes ces croix sont peintes de couleurs pastel: vert, bleu ou blanc. Tout en haut, une dizaine d'immenses croix de douze mètres, aux mêmes teintes, dominent le lieu, quelques arbres rabougris poussant au milieu d'elles. Émilien paraît méditer un moment puis leur explique :

— Cette nécropole incarne la vie de mon peuple. Pourtant, depuis cinquante ans, à cause de l'exploitation forestière et des brûlis, les Lacandons comme moi sont obligés de partir. Jadis, il y avait du gibier ici. Maintenant, il n'y a plus rien, en dehors de l'âme de nos ancêtres.

— Mais que faites-vous, alors ?

— Nous survivons en travaillant pour ceux qui coupent les arbres ou fouillent le passé.

— Est-ce qu'il y a beaucoup de voleurs d'objets anciens ? demande Stéphane.

Émilien éclate de rire.

— Oh oui, et pas seulement vos parents qui eux, au moins, ont demandé l'autorisation avant de fouiller.

— Nous, ce sont les autres que nous chassons, affirme Stéphane.

— Je vois. Mais vous êtes encore jeunes, vous ne connaissez pas bien notre manière de vivre, ici.

— Vous pourriez nous aider.

— Peut-être...

Pablo renchérit en espagnol, expliquant qu'ils ont déjà commencé à Mexico, en photographiant des trafiquants. Audrey et Stéphane, dans leur espagnol encore hésitant, appuient les dires de Pablo. Émilien hoche la tête puis, sans répondre, redescend le sentier vers la Jeep.

Ils repartent bientôt vers un minuscule village aux maisons en pisé et aux toits de branches. Quelques poules en liberté errent en quête d'une pitance pendant que deux cochons se disputent un morceau de nourriture informe. Tous les habitants sont habillés de longues tuniques blanches. Leurs visages cuivrés sont tellement semblables à ceux des sculptures et des peintures qu'ils ont vues à Palenque, que les jeunes n'ont aucun doute : ils se trouvent chez les Lacandons, les vrais Mayas.

Émilien discute rapidement avec deux jeunes villageois pendant que Stéphane prend divers clichés. Les autres osent à peine engager la conversation avec ces gens qui semblent si tristes et si pauvres. Certains portent sur leur corps les traces de dégénérescences dues à des relations consanguines ou à l'albinisme. Les jeunes ont l'effroyable sentiment d'être les témoins de la fin précipitée de tout un peuple.

Émilien revient vers eux avec les deux jeunes villageois.

— Voici Antonio et Manuelito, ils vous montreront.

Ils montent tous dans la Jeep, en se serrant. Émilien rebrousse chemin, revenant vers les ruines de Palenque, et s'arrête un peu avant d'y arriver. Les deux jeunes Mayas descendent et font signe à Pablo, Annabella, Audrey et Stéphane de les suivre. Les quatre amis débarquent à leur tour.

Manuelito et Antonio les entraînent d'un geste vers la forêt toute proche. Manuelito porte un sac en bandoulière et avance d'un pas rapide. Ses jambes musclées, que révèle le short, montrent à quel point la marche fait partie de son quotidien.

Audrey, qui le regarde avancer devant elle, estime qu'il doit avoir dans les quatorze ans, comme elle. Mais il a dû en voir de toutes les couleurs, car son visage, qu'il tourne vers eux de temps à autre pour voir s'ils suivent, est sérieux et déjà marqué par la vie. Ses cheveux, d'un noir de jais, retombent en longues mèches sur ses yeux et il doit constamment les écarter d'un geste de la main devenu machinal. Antonio ferme la marche.

La petite troupe arrive bientôt à proximité d'un énorme rocher envahi par les plantes et torturé par les racines des arbres qui s'y sont accrochés.

Antonio continue la progression, tandis que Manuelito ouvre son sac et en sort des torches de bois à l'extrémité enveloppée de tissu imbibé de combustible. Il en tend une à Pablo et les autres se servent. À tour de rôle, ils les enflamment puis, à la suite de Manuelito, s'enfoncent entre les plantes qui, soudain, révèlent une anfractuosité tout juste assez large pour permettre le passage d'un être humain.

L'entrée passée, un étroit couloir taillé voici bien longtemps dans le roc s'étire devant eux. À la file indienne, ils avancent, prenant garde de ne pas tomber, car les torches éclairent fort peu le sol.

La marche dure environ un quart d'heure sans problème particulier, sinon les variations de largeur du passage qui les obligent parfois à progresser de côté. Bientôt, ils débouchent dans un espace plus large, sorte de minigrotte. Manuelito porte une main à sa bouche et lance un étrange cri. Un autre cri lui fait écho, non loin.

— Antonio !

Le faisceau d'une lampe électrique apparaît juste devant eux et Antonio s'avance.

— Ça va, ils ne sont pas là, la voie est libre, annonce Antonio.

Manuelito se remet en route. Antonio laisse passer tout le monde pour fermer de nouveau la marche. Cinq minutes plus tard, ils pénètrent dans une grotte beaucoup plus vaste qui a tout à la fois des airs de chantier et de musée.

Des coffres de bois sont alignés contre les parois. Certains sont ouverts, dévoilant un contenu étonnant : des épées, des dagues, des piques et des lances, des pantalons courts, des espingoles – sorte de fusils à bout en entonnoir –, des morions, des cuirasses, mais aussi un ramassis incroyable d'objets d'art en terre cuite, en or, en argent de toutes provenances : inca, toltèque, maya et autres, que ni Audrey ni Stéphane ne peuvent identifier. Un véritable trésor de la conquête espagnole.

À côté de ces coffres déjà vides pour quelques-uns, tout un ensemble d'appareils, bien modernes ceux-là : treuils, chariots élévateurs, et toute une gamme d'outils divers. Un groupe électrogène alimente une installation électrique rudimentaire.

— Est-ce qu'on peut allumer ? Je voudrais faire des photos, demande Stéphane.

— C'est risqué, ils pourraient nous voir du dehors.

— Comment ça, il y a une autre entrée ?

— Oui, juste là, après le coude, c'est eux qui l'ont percée.

— Antonio, tu pourrais faire le guet, je n'en ai que pour cinq minutes, juré.

Antonio fait la grimace, mais hoche la tête. Stéphane actionne le groupe électrogène et une pâle lumière jaune éclaire cet indescriptible capharnaüm. Très vite, Stéphane mitraille l'ensemble de la grotte, tâchant de ne rien oublier.

— Ça y est, éteins !

L'obscurité retombe d'un coup. Instinctivement, Annabella s'est rapprochée de Stéphane qui se sent soudain troublé de la sentir si proche. Antonio débouche dans la grotte en courant.

— Ils arrivent.

— Vite, par le passage ! ordonne Manuelito.

Ils se précipitent tous vers l'étroit goulet, se bousculant pour y entrer. Stéphane attend un peu, se retrouvant le dernier. Il éprouve une étrange pulsion intérieure et, d'un coup, se décide. Il éteint sa torche, reprend son appareil photo et se dissimule du mieux qu'il peut.

Un instant plus tard, cinq hommes entrent dans la grotte, portant de puissantes lampes électriques. L'un d'eux démarre le générateur puis, chacun sachant exactement ce qu'il doit faire, ils se divisent et choisissent des objets précis, correspondant probablement à une commande.

Stéphane cadre du mieux que sa position le lui permet et prend plusieurs clichés, cherchant à photographier le plus possible les visages des individus. Soudain, il sursaute, car une main vient de se poser sur son épaule. Hésitant, il tourne lentement la tête et découvre Audrey. Un soupir de soulagement s'échappe de sa poitrine et il recule prudemment pour suivre sa sœur.

Un moment plus tard, ils rejoignent les autres dehors. Annabella s'approche précipitamment de Stéphane.

— Tu nous as fait une sacrée peur ! On pensait qu'ils t'avaient fait prisonnier.

— Non, c'est plutôt moi qui les ai capturés, dit-il en tapotant son appareil. Manuelito, tu peux me mener à l'autre entrée ?

— Tu cherches vraiment les ennuis, réplique Pablo.

— Écoute, tu veux les coincer, non ? C'est pas ça que tu voulais ?

— Oui, mais…

— Y a pas de mais, on y va, s'interpose Audrey.

Traversant les buissons, le petit groupe contourne le rocher et aperçoit la Dodge rouge déjà vue dans les ruines.

— Laisse tomber, dit Audrey, tout à coup inquiète.

Stéphane hésite puis, soudain, s'exclame :

— Hé ! regarde, Audrey !

— Quoi ?

— Juste là, c'est le terrain de fouilles de maman.

— Mince alors, elle était juste à côté de ce trésor et elle n'en savait rien.

— Ouais, mais ça va drôlement nous aider.

— Il faut rentrer à présent, dit Anna-bella.

— Oui, on y va.

Ils prennent congé de Manuelito et d'Antonio, puis font un large détour pour éviter de passer à proximité du camion. Cette fois, le lien est fait entre la camion-nette blanche de Shetoyan et la Dodge rouge. Pas étonnant que Manuel n'ait pas su d'où provenaient les pièces, la Dodge devait faire la navette entre les deux.

Au campement, alors qu'ils se ras-sasient et oublient un peu leurs émo-tions, Annabella regarde Stéphane avec admiration.

— C'est incroyable ce que tu es cou-rageux. Je n'ose pas imaginer ce qu'ils auraient fait de toi s'ils t'avaient pris.

Audrey lève les yeux au ciel tandis que Stéphane avoue :

— Moi non plus.

Puis, s'approchant de Pablo, Stéphane lui tend la main.

— Merci, Pablo. Merci d'avoir pris le risque.

— Ne te fais pas trop d'illusions, dès que ces types seront arrêtés et peut-être même avant, d'autres auront vidé une partie de la grotte. Manuel et les autres trouveront une autre source, c'est tout. Je te l'ai dit, c'est leur gagne-pain.

— C'est sûr qu'il y en aura toujours d'autres, Pablo. Mais, pour ceux-là, j'ai fait des photos intéressantes, et j'ai une petite idée derrière la tête pour coincer leur chef. Fais-moi confiance.

Après une nuit paisible sous la tente, Audrey et Stéphane décident de profiter de leur séjour pour mieux découvrir la région, tout en gardant en tête la présence des trafiquants et en cherchant la manière de les coincer vraiment.

Deux jours plus tard, l'heure du départ ayant sonné, ils embarquent dans le King-Air et s'envolent pour Mexico, la tête pleine d'images d'un monde et d'une population oubliés.

*D*urant les jours qui suivent, tout semble s'accélérer. Vital débarque et discute âprement avec le conservateur et divers ministres pour faire l'acquisition du morion et, éventuellement, de quelques autres objets qui seraient découverts sur le site de fouilles. Il obtient finalement gain de cause, moyennant finance et l'obligation d'exposer ces objets à Mexico tous les cinq ans.

Pendant ce temps, Audrey, Stéphane et leurs parents se questionnent. Stéphane a pu photographier des hommes pillant un trésor, et ils ont vu les mêmes hommes revendre une partie de leur butin à Shetoyan, mais aucune preuve n'existe vraiment pour établir ce lien et, surtout, rien ne laisse supposer que

Shetoyan soit à l'origine du trafic. On peut tout juste lui reprocher d'en profiter. Cependant, en raison des dons importants qu'il octroie au musée et à la culture du pays, personne n'osera exiger de sanctions contre lui.

Toute la petite famille finit par douter qu'il existe vraiment une corrélation sérieuse entre les deux parties. D'autre part, le fait que Shetoyan ait acquis deux cubes semblables à celui du musée ne prouve pas qu'il s'intéresse à la piste du jaguar et, encore moins, qu'il soit au courant de l'existence de Don Felipe Da Gozal.

— Finalement, j'ai l'impression que l'on mélange tout, dans cette histoire, résume Patrick. C'est Pablo qui a parlé du trafic, et la présence de Shetoyan est peut-être le fruit du hasard. Les gros acheteurs sont peut-êre ailleurs. Quant à Da Gozal, on y a fait attention parce que c'est la passion de Bular.

Audrey réfléchit un moment avant de conclure, presque pour elle-même :

— En fait, tu penses qu'on s'est enflés la tête avec des hypothèses qui ne mènent nulle part. Tout ça, c'est notre imagination.

— Pas forcément! Je dis simplement que, pour le moment, nous avons les pièces d'un puzzle que l'on tente de reconstituer, mais que, en réalité, il y a peut-être deux puzzles différents avec des morceaux semblables.

— Tu n'es pas clair dans tes explications limpides, plaisante Stéphane.

— Écoute. Suppose que Don Felipe Da Gozal soit un puzzle à lui tout seul et que Shetoyan, ou quelque autre trafiquant, soit l'autre puzzle. Ce n'est pas parce qu'ils ont trouvé des coffres ayant appartenu à des conquistadors que Da Gozal était l'un d'eux.

— Ouais, je vois. Dis donc, on n'est pas sortis de l'auberge.

— Espagnole, ajoute Audrey.

— Hein?

— Bien oui, l'auberge espagnole, on y trouve tout ce qu'on y amène.

— Bravo, ma chérie. Tes jeux de mots s'améliorent, apprécie sa mère.

— Bon, c'est bien beau tout ça, mais qu'est-ce que l'on fait?

Linda écarte les bras en signe d'incertitude et déclare simplement:

— En ce qui me concerne, j'ai encore un site à fouiller. Je pourrai, à la limite et en étant bien entourée, proposer une exploration des alentours et découvrir par hasard cette grotte, ce qui mettrait fin à ce pillage. D'autre part, dans deux jours nous dînons avec Shetoyan, nous verrons bien ce qu'il a dans le ventre.

— Oui, c'est génial! Ça leur mettra au moins des bâtons dans les roues.

— Oui et, avec quelques bonnes photos, je peux placer ça dans pas mal de journaux, quasiment à la « une ».

— Patrick, il y a des jours où je me demande si tu n'es pas un peu opportuniste, remarque Linda.

— Mais je le suis! Je suis journaliste! D'accord, je suis surtout un piégeur d'images, mais j'ai aussi une bonne plume.

— En plus, on aura tenu parole envers Pablo.

— Bon, ça n'empêchera sûrement pas les malfrats de poursuivre leur besogne, mais au moins on aura fait notre part.

— Moi, ce que j'aimerais bien savoir, c'est pourquoi l'auguste Érasme Bular s'intéresse tant à ce Don Felipe Da Gozal que personne n'a l'air de connaître. Il n'y a pas eu une seule réponse dans le courrier électronique.

— Oh, tu sais, les goûts et les couleurs... J'ai eu un collègue archéologue qui était fasciné par les grains de blé retrouvés dans les tombeaux égyptiens. Son plus grand désir était d'en faire pousser pour retrouver le goût du pain que mangeaient les pharaons.

— Drôle d'idée !

— Oui, mais tu vois, se passionner pour la vie d'un conquistador, ce n'est pas vraiment plus bizarre.

— Sa plaquette à divination, tu penses que ça marche vraiment ?

— Il faudrait la retrouver et comprendre comment elle fonctionnait.

— Bon, moi, je vais aller voir ce fameux cube au musée.

— Je peux venir avec toi ? demande Stéphane.

— Bien sûr ! En route, jeune homme.

Une heure plus tard, Patrick et Stéphane se trouvent tous deux devant la vitrine d'un meuble du XVIIᵉ siècle surchargé de petits objets. Un employé l'ouvre avec soin et leur confie le cube, avant de refermer la petite porte avec des gestes maniérés.

Patrick et Stéphane examinent le cube d'obsidienne avec mille précautions. Un jaguar sculpté en fait tout le tour, la gueule occupant toute une face. Sur le dessus, une petite ouverture en cône donne l'impression d'être destinée à recevoir un autre élément.

— Ce n'était peut-être que la base d'un ensemble, suppose Patrick.

Stéphane, qui a presque les yeux collés contre le cube, commente tandis que son père prépare son appareil photo :

— Regarde, il y a des trous minuscules sur les côtés, c'est à peine assez large pour y placer un ongle. Et les miens sont trop courts.

— Il va falloir que je travaille en macro pour obtenir un cliché suffisamment fidèle. Tiens, tu peux m'installer un petit projecteur ? Je voudrais une lumière rasante.

— O.K., patron, je vous arrange ça !

Stéphane adore s'occuper des éclairages. Il a souvent aidé Patrick et commence à se débrouiller comme un professionnel. Il estime que c'est cent fois plus intéressant que les cours et que, au moins, il apprend un métier. Arguments bien accueillis par les parents, mais qui n'ont pas encore réussi à le sortir de l'école. Comme on dit, à force de persévérance...

— Dis donc, Patrick, je voulais te demander...

— Oui ?

— Il y a une fille, Annabella, je la trouve vraiment jolie et je crois que je lui plais aussi.

— C'est parfait ça.

— Oui, mais je ne sais pas trop comment le lui dire. Tu comprends, quand elle me regarde avec ses grands yeux, moi, je me sens incapable de lui parler. Qu'est-ce que tu me conseillerais ?

— Holà ! c'est un domaine qui dépasse un peu mes compétences. Tu vois, les femmes, je n'y ai jamais compris grand-chose. Et je ne connais pas d'homme qui sache vraiment comment s'y prendre... Du moins en rapport à ton âge.

— Mais encore ?

— Eh bien, je crois que ce sont les femmes qui viennent vers toi. La plupart du temps, ce sont elles qui décident.

— Mais il faut bien faire quelque chose, à un moment donné.

— Euh oui, certainement. Tu ne crois pas que tu es encore un peu jeune ? Tu as bien le temps d'aller plus loin, non ? Tu m'as dit toi-même que tu tombes amoureux toutes les deux minutes.

— Seulement quand une fille me plaît.

— Mais il y en a toujours une qui te plaît. En Espagne, c'était Consuello, en Italie Indira, à Paris c'était Isabelle, je crois, et en Grèce, je ne me souviens plus.

— Facile, c'était Sophia.

— Oui, évidemment. Mais vois-tu, je crois qu'il serait nécessaire que tu t'attardes un peu avec la même jeune fille avant de tomber vraiment amoureux.

— Mais on n'arrête pas de voyager.

— On peut toujours te mettre en pension quelque part. Tu auras le temps de te faire des racines.

— Toujours les solutions extrêmes. Pourquoi pas une fille dans chaque port, comme les marins ?

— Par les temps qui courent, ce n'est guère prudent. Écoute, Stéphane. Je comprends très bien qu'à ton âge tu aies envie de passer... disons, à des choses plus concrètes. Mais, sincèrement, attends un peu de te fixer pour ça. Ta première vraie expérience devrait être belle, tu comprends. C'est terrible de devoir partir.

— On reste longtemps ici ?

— Quelques mois, au moins.

— Bon, je vais essayer d'être patient.

*D*e son côté, Linda s'apprête, dès le lendemain, à passer à l'action. Vital a décidé de rester sur place afin de défendre les intérêts de Bular. Pour une fois, Linda se félicite de la présence de cet homme qu'elle n'apprécie guère d'habitude. Vital a, en effet, la manie de récupérer à son profit le travail des autres. C'est d'autant plus frustrant que sa spécialité est plutôt l'art moderne que l'archéologie. Il a une fâcheuse tendance à abuser de sa position d'homme de confiance de Bular et de vice-président du groupe de recherche de ce dernier.

Linda réunit son équipe et annonce qu'elle aimerait procéder à divers sondages vers l'ouest, afin de voir jusqu'où se prolonge la portion de mur déjà mise au jour. Les pierres supérieures de la partie enfouie affleurant, de simples barres de fer permettent de sonder le sol avec facilité.

La quinzaine d'hommes et de femmes qui travaillent sur le chantier se munissent chacun d'un objet capable de s'enfoncer facilement. Ils commencent donc le travail, plantant leur instrument tous les deux mètres. Dès que quelqu'un frappe une partie du mur, il reste sur place et marque l'emplacement d'un poteau de bois muni d'un bout de chiffon rouge. Bientôt, une ligne de points de repère s'étale, filant tout droit vers le rocher dissimulant la grotte au trésor.

À environ six mètres du rocher, le mur semble s'arrêter. Linda, ne voulant pas précipiter la « découverte », demande une excavation sur l'emplacement du dernier relevé pour confirmer que l'on se trouve bel et bien sur un angle du mur.

Vingt minutes plus tard, la confirmation est obtenue : le mur oblique bien vers le nord.

Linda demande alors à une partie de l'équipe de dégager tout le sommet du mur identifié par les poteaux, et à une autre, de poursuivre vers l'ouest afin de savoir s'il y aurait quelque chose d'autre par là. Elle se joint elle-même à ce groupe et avance en direction du rocher. On distingue nettement sur le sol les traces de pneus de la camionnette.

Linda réfléchit un moment puis se décide à appeler Vital. Comme, de toute manière, il va s'arranger pour s'attribuer ce dépistage d'un réseau « certainement international » de trafiquants, autant qu'il le fasse vraiment. De plus, Linda y voit un avantage : elle ne sera pas nommée directement et, au cas où Shetoyan aurait quelque chose à voir dans l'histoire, elle se sentira plus à l'aise pour le rencontrer.

Vital s'avance dans son costume clair, voulant ainsi signifier son importance et son incapacité à travailler de ses mains.

— Regardez, Renaud. Je n'ai jamais envoyé personne par ici et il y a des traces de roues. C'est étrange, non ?

— Étrange, pourquoi ? Les gens doivent venir par ici assez souvent, je suppose.

— Près d'un rocher perdu en bordure de forêt ! Qu'est-ce que vous viendriez y faire, vous ?

— Moi, certes rien.

Tout en parlant, Linda s'est avancée encore. Elle commence à distinguer l'ouverture dans le roc.

— J'ai l'impression qu'il y a autre chose. Regardez ce trou !

Elle appelle un de ses ouvriers qui porte une torche électrique à la ceinture.

— Venez avec nous.

Linda, Vital et l'homme s'avancent vers l'entrée. Vital se tient prudemment en arrière. Tous trois pénètrent enfin dans la grotte et font la « découverte » des coffres et du matériel d'évacuation des trafiquants.

Aussitôt, les ouvriers sont appelés. Le générateur est mis en marche et le recensement des œuvres est entrepris. Pendant ce temps, Vital, téléphone portable en main, appelle la police. Il est fier comme Artaban d'avoir éventé ce complot contre la culture mexicaine. Linda réprime difficilement une forte envie de rire. Elle préfère s'intéresser aux dizaines d'œuvres anciennes rassemblées dans ces coffres vermoulus. Vital s'approche d'elle.

— Ces sculptures, armes et autres objets semblent être d'origines très diverses.

— Oui, ce doit être une bande de déserteurs qui est remontée vers le nord au gré des pillages. À moins que les gens qui exploitent l'endroit n'aient eux-mêmes tout rassemblé ici.

— Nous le saurons bientôt.

— Ça, j'en suis sûre ! Vous avez vu ce matériel ?

Linda désigne les chariots, le générateur et tout le reste. Vital s'en approche, comme elle l'espérait. Il y a un moment, elle a caché une photo, tirée de celles prises par Stéphane, entre les sièges de l'élévateur. Vital, qui adore fouiner, découvre le cliché avec un cri de joie. Un large sourire aux lèvres, il revient vers Linda.

— Regardez ça, ces abrutis étaient tellement sûrs d'eux qu'ils nous fournissent même leur portrait. Ah ! la police n'aura pas trop de mal à faire son travail, avec ce que je vais leur offrir sur un plateau.

Linda sourit et, se faisant flatteuse, déclare :

— Renaud, vous auriez dû être détective, vous êtes formidable !

— N'est-ce pas !

*D*ans une grande pièce aux murs blancs qui ressemble à un musée tant il y a de tableaux, de statues et d'objets anciens, Shetoyan marche de long en large. Il est fou furieux, il tape sur tout ce qui est à la portée de sa cravache, fracassant vases de Chine, statuettes incas ou porcelaines anciennes.

Augusto, devant lui, n'ose rien dire. Les nouvelles qu'il vient d'apporter sont terribles. Toute la bande qui assurait le transfert des objets vient d'être arrêtée.

— Qui a trouvé la cache ? Qui m'a trahi ?

— Ce n'est pas une trahison, monsieur, ce sont ces archéologues qui l'ont trouvée en faisant des relevés.

— Quels archéologues ?

— Il y a un certain Vital et une certaine Genest-Lemoyne.

À ce nom, Shetoyan s'immobilise. Il se souvient immédiatement de ce nom. Le conservateur l'a tenu une heure au téléphone pour obtenir une invitation à sa table pour cette femme. Il ne croit pas aux coïncidences et, surtout, il n'aime pas se sentir piégé. Cette Mme Genest-Lemoyne lui semble un peu trop curieuse. D'un ton soudain très froid, il laisse tomber :

— Tiens donc, je vais bientôt avoir une conversation avec cette dame. Augusto, en attendant, donne une leçon bien gentille à ce Vital. Je ne veux pas attirer l'attention, mais ça me détendra.

— Bien, monsieur.

Augusto sort rapidement.

Le lendemain, Vital quitte son hôtel, le torse bombé et l'air pédant comme à son habitude. Il s'avance sur le boulevard au milieu d'une foule babillante, rajustant son petit chapeau de paille pour se défendre du soleil.

Il attend que le feu passe au rouge, quand un homme le bouscule. Vital fait deux pas involontaires et incontrôlés sur l'asphalte. Une auto, qui arrive à ce moment, l'accroche et l'envoie voltiger un peu plus loin. Le choc n'a pas été rude, mais suffisamment fort. Son chapeau est perdu, écrasé par une autre voiture.

Pendant que Vital se tord sur la chaussée en se tenant la jambe, les passants se rassemblent autour de lui, sans lui venir en aide, tout en commentant abondamment l'événement. Vital essaie du mieux qu'il peut d'attirer l'attention sur lui, mais c'est peine perdue.

Finalement, une ambulance arrive et deux infirmiers l'emportent. Deux heures plus tard, il est alité dans une chambre commune de l'hôpital, la jambe plâtrée et tenue en extension par une poulie.

Quand Linda et Patrick arrivent sur les lieux, ils le trouvent en train de protester comme de coutume, plutôt pour obtenir une chambre privée que parce que sa blessure le fait souffrir.

8

Le mardi suivant, l'ambiance est encore au beau fixe dans la famille Lemoyne. Après deux jours un peu agités, au cours desquels ils avaient dû témoigner de la découverte du repaire des trafiquants auprès de la police, Renaud Vital s'étant réservé les journalistes, le calme était revenu. Toute la bande est désormais sous les verrous, du moins les petits, car la tête du gang est toujours en liberté.

Le conservateur du musée, quant à lui, s'est vu confier les trésors de la grotte et considère la chose comme une reconnaissance de son patriotisme. Renaud Vital s'est d'ailleurs employé à mettre son mérite en relief, s'assurant ainsi une reconnaissance éternelle de la part dudit conservateur.

Le jour de l'invitation chez Shetoyan est enfin arrivé. Linda et Patrick se sont habillés avec soin, robe longue et smoking étant de rigueur. Audrey et Stéphane, déçus de ne pouvoir être de la partie, ne peuvent cependant s'empêcher d'admirer l'élégance de leurs parents.

— Vous allez faire un tabac!

— Il faut bien qu'on l'impressionne un peu.

— Depuis l'arrestation de ses sbires, je suis bien certain qu'il l'est, impressionné, renchérit Patrick.

— Ça reste à voir. Il a énormément de contacts et il ne sera pas aisé de le coincer, tempère Linda.

— Bonne soirée! Nous, il faut qu'on y aille, sinon on va manquer la séance.

— Qu'est-ce que vous allez voir déjà?

— *Le Monde perdu.*

— En espagnol?

— Oui, on s'améliore, mais heureusement qu'on l'a déjà vu parce que je ne serais pas sûr de bien suivre.

— Au moins, tu n'auras pas trop d'efforts à faire avec les dialogues des tyrannosaures.

Audrey et Stéphane quittent rapidement l'hôtel. Le cinéma, ce sera pour un autre jour. Ce n'est pas pour rien qu'ils ont lancé le titre d'un film déjà vu ; au cas où on leur demanderait de le raconter, mieux vaut prévoir. Dissimulés derrière un gros arbre, ils aperçoivent la voiture du conservateur qui arrive. Celui-ci stationne devant l'entrée et entre dans le hall. Audrey se précipite et tente d'ouvrir le coffre de l'auto.

— Mince ! Il est fermé à clé.

— Attends.

Stéphane passe à l'avant et essaie d'ouvrir la portière du chauffeur pour déclencher l'ouverture automatique mais, là aussi, le conservateur, prudent, a refermé derrière lui.

— Qu'est-ce qu'on fait ?

— On sait où ils vont, il ne nous reste que les mobylettes. Viens ! Tu as pensé à l'appareil ?

— Tu me prends pour qui ?

— Mais pour ma sœur adorée.

Et il lui plaque un gros baiser mouillé sur la joue.

— Ouache ! dit-elle en s'essuyant.

Les voilà bientôt qui filent sur leurs engins à travers les rues de Mexico. La foule est dense en cette soirée chaude. Des musiques de toutes sortes fusent des fenêtres. Les gens, assis sur les trottoirs, discutent et rient. La nuit apporte la détente sur la ville. Une lune dodue profite d'un ciel presque pur, balayé par miracle de sa pollution, le temps que dure un fort vent d'est.

Audrey et Stéphane atteignent l'arbre qu'ils ont déjà escaladé quelques jours plus tôt et, cette fois, ils sautent de l'autre côté, souhaitant intérieurement que les gardes jouent à la belote.

Ils s'immobilisent un instant, à l'écoute. L'alerte n'a pas retenti. Avec prudence, ils avancent en direction de la maison. L'étude des photos leur a permis de se préparer et de déjouer les caméras qui observent minutieusement les mouvements insolites. Leur seule crainte : les chiens. Prudemment, ils progressent vers la maison.

Pendant ce temps, leurs parents, arrivés bien avant eux, entament déjà un dîner très chic auquel participent un nombre limité d'invités, et où l'on parle d'art et de culture mexicains sur un ton un peu coincé. Enjoué, Shetoyan préside la soirée, s'intéressant à chacun et se montrant un hôte délicieux.

Audrey et Stéphane réussissent rapidement à rejoindre le petit bâtiment à moitié dissimulé sous terre et sous les arbres, juste en arrière de la maison. Ils viennent de déboucher à côté du chemin qui aboutit au bâtiment et se plaquent soudainement au sol, d'un même mouvement. Un camion est là qui recule doucement, puis s'arrête.

— Regarde, c'est notre chance.

Deux hommes ouvrent avec difficulté les énormes battants de la porte, tandis que le chauffeur les observe dans son rétroviseur.

— Viens! dit Stéphane à mi-voix.

Il plonge sur l'asphalte et se glisse sous le camion. Audrey jette un coup d'œil aux hommes accaparés par la porte, puis rejoint son frère. Ils s'accrochent aux supports du pneu de secours et au montant du réservoir. Le camion recule, entrant à demi dans un immense hangar rempli de caisses.

Le chauffeur descend et va ouvrir le hayon du véhicule. Pendant ce temps, les deux autres hommes commencent à transporter des caisses pour les charger dans le camion.

À plat ventre sous le véhicule, les adolescents sont attentifs au moindre mouvement des trois hommes. Ils attendent le moment propice. Cette attente forcée leur laisse le temps d'écouter les quelques phrases échangées en espagnol par les sbires de Shetoyan. S'ils n'en comprennent pas tous les mots, ils en saisissent le sens.

— Le patron a raison. Avec cette affaire, il vaut mieux transporter tout ça ailleurs, on ne sait jamais.

— Oui, les docks de Nautla seront plus sécuritaires.

— De toute manière, il n'y a plus rien à prendre ici pour le moment.

Profitant du fait que les trois hommes se dirigent vers le fond du hangar, Audrey et Stéphane, à quatre pattes, filent se cacher derrière la pile de caisses la plus proche. À pas de loup, ils se dirigent, à leur tour, vers le fond.

Patiemment, ils attendent que les hommes aient fini de charger le camion. Le véhicule démarre, puis les lourdes portes se referment, les laissant dans le noir le plus complet. Ils attendent encore un instant, les oreilles grandes ouvertes, avant de se décider à allumer leurs lampes électriques.

— Dis donc, Stéphane, comment on sort d'ici maintenant?

— On verra plus tard. Pour le moment, il faut que l'on trouve nos preuves, sinon ils auront tout déménagé et ce sera fichu.

Ils éclairent au hasard autour d'eux et constatent qu'ils sont prisonniers d'un incroyable musée secret. Tout y est entreposé avec soin dans des contenants qui s'alignent sur quatre rangées et dont certains s'empilent sur près de cinq mètres de haut.

Au fond, six tables sont couvertes d'objets en cours de triage. Audrey et Stéphane y aperçoivent aussi une dalle de pierre qui doit bien peser dans les trois tonnes et qui devait recouvrir un tombeau. Stéphane y reconnaît Tlaloc, le dieu de la pluie et des montagnes, portant ses quatre cruches d'eau.

Audrey photographie tout ce qu'elle peut. C'est en contournant de nouvelles boîtes qu'elle et son frère découvrent enfin la preuve qu'ils cherchaient: un coffre en bois identique à celui de la grotte, contenant le même genre d'objets et d'armes que les autres.

— Stéphane, ça y est, on le tient!

— Yes, sir! Bon, continue de faire des photos, je vais voir comment on peut sortir d'ici maintenant.

Audrey, plus tranquille, fouine un peu partout. Dans une petite boîte qui semble avoir été aménagée pour lui, elle trouve l'un des cubes d'obsidienne.

— Stéphane, j'ai trouvé le cube qu'il a emporté, comme celui que tu as vu au musée.

— Génial! mais je me demande toujours à quoi ça peut servir.

Audrey hausse les épaules en signe d'ignorance et dépose le cube dans son sac afin de poursuivre ses clichés. De son côté, Stéphane cherche toujours le moyen de sortir de là. Il aperçoit soudain, au-dessus de lui, une bouche d'aération.

— Audrey viens m'aider à pousser des caisses. On va sans doute pouvoir passer par là.

Unissant leurs forces, tous deux entreprennent de construire un échafaudage pour atteindre le plafond à l'endroit choisi. Ils aperçoivent un diable dans un coin et s'en servent pour déplacer des boîtes plus petites.

Ils s'efforcent de les disposer de manière judicieuse, espérant ainsi que, si quelqu'un entre à l'improviste, il pensera qu'il s'agit du prochain chargement. Stéphane entreprend la courte escalade, le plafond n'étant pas trop haut à cet endroit.

— Il y a une grille, il va falloir que je l'enlève.

9

Vêtu d'un costume blanc très chic qui fait ressortir son teint bronzé, sa fine moustache et ses cheveux bruns, Shetoyan a badiné tout au long du repas. Il s'est montré charmant, plein d'un humour fin, et il a tenu un discours empreint d'une culture indéniable.

Les cafés viennent d'être servis lorsqu'il s'adresse directement à Linda, en la regardant droit dans les yeux. Son regard est alors particulièrement froid et dur. Plus rien à voir avec l'homme affable qui a joué à l'hôte parfait jusque-là. Les autres convives se figent. Ils connaissent la réputation de Shetoyan, et ce changement d'attitude ne leur dit rien qui vaille. Linda et Patrick font mine de ne rien remarquer.

— Madame, vous êtes une archéologue fort compétente et vos commen-
taires m'ont charmé tout au long de
la soirée. Mais j'aimerais, pour mon plaisir personnel, je l'avoue, vous poser une
petite colle.

— Oh, je suis loin de tout connaître !
Vous pouvez sans doute me piéger facilement.

— Ne soyez pas modeste, ce n'est
qu'un petit jeu.

Il fait un signe de la main à l'un des
valets et ce dernier apporte un coffret
ancien en argent qu'il dépose devant
Linda.

— Ouvrez-le, je vous en prie.

Linda obtempère et soulève le cou-
vercle, dévoilant un cube d'obsidienne,
jumeau de celui qu'Audrey vient de
découvrir. Shetoyan sourit comme un
fauve.

— Voilà, j'aimerais avoir votre avis
d'experte. Quel est cet objet et à quoi
peut-il bien servir ?

Fascinée, Linda saisit le cube d'obsidienne et le fait tourner entre ses doigts,
observant les sculptures fines qui le couvrent. Une des faces représente la gueule
d'un jaguar. Après un mouvement de

surprise, sa tête résonne de l'avertis-
sement gravé sur le squelette : « Ne
regardez jamais le jaguar en face. » D'un
geste un peu brusque, elle fait aussitôt
pivoter le cube pour étudier les autres
signes.

Shetoyan ne la quitte pas un instant
des yeux ; il ressemble assez à un serpent
qui observe sa proie juste avant de l'avaler.

Une certaine tension règne maintenant dans la pièce. Les autres invités,
habitués aux fantaisies de Shetoyan, ne
disent rien. On raconte, entre autres, que
certains ne sont jamais ressortis de cette
maison. Mais on dit tellement de choses,
des rumeurs dont personne n'a pu véri-
fier l'exactitude.

— Je n'ai jamais vu une pièce qui
ressemble à cela, dit l'archéologue.

Fascinée malgré elle, Linda découvre
à son tour les minuscules trous qui occupent deux des faces. Se souvenant que
Stéphane lui a dit y avoir entré les ongles, elle tente la même expérience. Mais
ses ongles à elle sont bien plus longs que
ceux de son fils.

Un rayonnement bref jaillit soudain
de la tête du jaguar, faisant fondre un
chandelier et plusieurs objets. Effrayée,

Linda lâche le cube. Shetoyan a un sourire cruel. Il calme les invités puis, se concentrant de nouveau sur Linda, il dit:

— Je vous ai bien observée, madame, et vous sembliez presque savoir comment utiliser ce cube. Nous devrions avoir une conversation en privé, tous les deux.

— D'où vient cet objet, monsieur Shetoyan? C'est un laser camouflé dans une œuvre d'art ou quelque chose comme ça?

— Malheureusement, je l'ignore. Ceci est très ancien et, comme vous, je n'en connais pas la provenance.

Il se tourne vers l'un de ses hommes.

— Anton! veux-tu avoir l'obligeance d'emmener M. Lemoyne faire un tour à la bibliothèque. Je vais faire visiter mon musée à sa charmante épouse.

Tout est dit avec politesse et un large sourire, mais on devine une menace derrière chaque mot. Patrick aperçoit, sous le veston d'Anton qui se penche vers lui, un étui contenant un pistolet. Il décide de se réserver un peu et se lève. Shetoyan lance aux autres, d'une voix teintée d'humour:

— Prenez un digestif, mes amis, je reviens dans un instant. Cette visite n'est malheureusement réservée qu'à quelques élus, et madame vient de me faire la preuve qu'elle en est digne.

Anton conduit Patrick à l'étage, dans une vaste bibliothèque dont il referme la porte derrière eux, avant de s'y adosser. Shetoyan, pendant ce temps, entraîne Linda dans le parc, tout en lui parlant de sa passion pour un passé négligé par les archéologues et historiens classiques.

— Les archéologues et les anthropologues ne conçoivent l'histoire de l'humanité que comme ayant commencé avec l'homme des cavernes, heureux rescapé de l'ère des dinosaures. Les marginaux sont traités d'incompétents ou de rêveurs, et pourtant il y a les pierres gravées de Glozel figurant un langage très ancien.

— Vous savez bien que c'était une fraude.

— Avez-vous étudié le dossier ?

— Non, j'en ai juste entendu parler.

— Savez-vous qu'il y avait des centaines de pierres gravées, des vases décorés, le tout dans des caches ou répandu dans les champs alentours. Comment un pauvre fermier inculte aurait-il pu

concevoir des signes cohérents et plani-
fier une telle supercherie ?

— Je ne sais pas, il n'était peut-être
pas si bête que ça.

— Et les murailles incas construites
avec des blocs de plusieurs tonnes, les
pierres de Baalbek de plus de soixante
tonnes taillées et transportées à pied
d'œuvre ?

— Je vois, vous êtes un adepte des
théories de Daniken, de Charroux et de
tous ceux qui pensent que les extrater-
restres ont débarqué jadis.

— Ce n'est peut-être pas si fou que
cela. Mais je songe plutôt à une sorte de
rythme cyclique, voyez-vous. Les civilisations progressent, atteignent un sommet et, soudain, quelque chose intervient qui ruine la totalité de cette belle
ascension.

— La loi du chaos.

— En quelque sorte. Un élément x
survient qui détruit un peuple complet.
Regardez ce que le plomb a fait de Rome.
Je pense que ce qui vaut pour un peuple
vaut pour l'humanité tout entière. Je
crois qu'il y a eu jadis des civilisations
bien plus avancées que la nôtre et
qu'elles ont périclité avant de disparaître,

ne laissant derrière elles que des débris épars, comme ces cubes.

— On devrait pourtant aussi trouver des ruines, si votre théorie est exacte.

— On en retrouvera peut-être, à condition de savoir les identifier. Mais vous savez aussi bien que moi qu'après seulement deux ou trois mille ans il faut déjà creuser parfois jusqu'à quatre ou cinq mètres de profondeur pour découvrir ces ruines. Alors, songez qu'après cinquante ou cent mille ans, que sais-je, il faudrait sans doute des excavations descendant à cinq cents mètres, voire à un kilomètre. Or, on a retrouvé certains objets dans des mines à cette profondeur. Les musées les conservent dans leurs caves, ne sachant comment les classer.

— Vous pensez que ces cubes font partie de ces témoignages d'un lointain passé ?

— Je n'ai pas d'autre explication qui tienne la route pour le moment.

Tout en parlant, Linda et Shetoyan se sont approchés du bâtiment à demi enterré où sont enfermés les adolescents. Un homme qui les précédait ouvre une petite porte découpée dans l'un des énormes battants. La lumière jaillit.

En entendant ce bruit, Audrey s'est cachée. Shetoyan s'approche de l'endroit où il a déposé l'autre cube mais, bien sûr, il ne le trouve pas. Furieux, il appelle ses gardes et les charge de tout fouiller.

Les hommes se déploient dans tout le hangar et le quadrillent systématiquement. Soudain, un cri retentit:

— Aïe! Ôtez vos sales pattes, gorille!

Linda vient de reconnaître la voix d'Audrey. Elle veut se porter à son secours, mais Shetoyan la retient d'une main ferme. Un homme sort de derrière une pile de caisses tenant sous son bras une Audrey qui se débat comme un beau diable.

Linda est catastrophée. Elle ne sait plus comment réagir. Au-dessus de leurs têtes, Stéphane reste accroché à la bouche d'aération. Personne ne semble l'avoir vu.

Visiblement, Shetoyan trouve la situation plutôt amusante. L'homme dépose Audrey devant son patron et Linda. Furieuse, Audrey rajuste ses vêtements.

— Tiens! Tiens! Toute une famille de fouineurs! Approchez, jeune fille, et rendez-moi le cube.

Audrey hésite. Shetoyan tient le premier cube en main et l'adolescente aperçoit la tête de jaguar sculptée sur l'une des faces. Lentement, elle plonge la main dans son sac et en retire le second cube, y jetant un coup d'œil discret. Elle remarque qu'il porte la même effigie mais en creux. Alors une idée folle lui passe par la tête. Bravement, elle intime :

— Déposez l'autre... là... d'abord ! dit-elle en désignant le dessus d'une caisse.

Shetoyan éclate de rire, appréciant le courage de la jeune fille. De bonne grâce, il pose son cube avec une délicatesse exagérée.

— Voilà, vous êtes satisfaite ? Alors à vous, jeune fille.

Audrey approche le second cube du premier, prenant bien soin que les deux têtes de jaguar soient face à face. D'un geste vif, elle les colle ensemble. « Remettez-le dans ses traces », disait l'inscription du fémur. Cette petite phrase lui étant revenue en mémoire, Audrey espère juste qu'elle en a bien compris le sens.

Les deux cubes s'ajustent à la perfection et, tout à coup, une lueur étrange se dégage du bloc ainsi formé. Shetoyan comprend son erreur. Il se précipite vers les cubes. Les gardes sont hésitants.

Stéphane choisit cet instant pour intervenir. Suspendu par les mains, il se laisse tomber sur le garde le plus proche, semant la confusion.

Audrey attrape sa mère par le bras et l'entraîne vers la sortie en courant. Stéphane se redresse et donne un coup de pied au garde resté en travers de son chemin. Celui-ci, complètement désorienté, accuse le choc qui le plie en deux.

Se désintéressant du sort de la famille Lemoyne, Shetoyan tente de toutes ses forces de séparer les deux cubes, mais rien n'y fait. Une grande lumière envahit la pièce. L'obsidienne devient translucide et les cubes disparaissent, laissant Shetoyan complètement inconscient, étendu sur le sol, les mains brûlées.

Depuis la fenêtre de la bibliothèque, Patrick voit Linda et Audrey s'enfuir. Se donnant une attitude décontractée, il examine rapidement les livres qui s'alignent sur les rayons et choisit le plus gros qu'il puisse trouver. Feignant de le feuilleter, il s'approche d'Anton et le lui lance au visage. Sous le choc, Anton fait deux pas en arrière. Patrick empoigne une statuette de plâtre et lui en assène un coup sur le crâne. Anton s'écroule, assommé pour le compte.

Prestement, Patrick ouvre la croisée, enjambe le bord de la fenêtre et bondit sur un petit toit, un mètre plus bas, avant de rejoindre le sol par un espalier.

Courant comme un dératé, il rejoint Linda et Audrey. Stéphane arrive à son tour.

— Vite, le parking !

À grandes foulées, ils gagnent tous l'arc de cercle qui, devant la maison, sert de stationnement. Ils y parviennent au moment même où le conservateur fait démarrer sa voiture. Les autres invités, sans demander leur reste, filent chacun de leur côté. C'est un véritable festival de portières qui claquent. Sans attendre une permission, tous quatre s'engouffrent dans l'auto du conservateur un peu ahuri. Linda, arborant un large sourire, dit simplement :

— Il vaut mieux partir, je crois que M. Shetoyan n'apprécie pas mes théories. Direction : la police !

— Et on a de quoi les convaincre ! s'exclame Audrey, en brandissant son appareil photo.

Linda se laisse aller contre le dossier puis, se retournant vers ses rejetons installés en arrière, elle leur demande, le plus sévèrement qu'elle peut :

— Dites donc, vous deux, vous n'étiez pas censés aller au cinéma ?

— Oui, mais quand on a su qu'ici il y avait des dinosaures en liberté, on est venus, lance Stéphane.

— Ouais, approuve Audrey, tu as vu le type qui m'a attrapée, un vrai tyrannosaure !

— Et vous n'avez pas vu celui que j'ai étendu dans la bibliothèque, il n'avait rien d'un corythosaure, ça je vous le jure ! relance Patrick, histoire de détendre l'atmosphère en entrant dans leur jeu.

Le lendemain matin, ils se retrouvent tous les quatre devant un copieux petit déjeuner autour de la grande table de travail. Évidemment, la conversation porte sur les événements de la veille et l'arrestation de Shetoyan.

— Heureusement qu'on a trouvé le coffre dans le hangar, sinon on n'aurait jamais pu établir de lien entre Shetoyan et les trafiquants, remarque Audrey.

— Et tout ça grâce à tes photos, la félicite Patrick.

— Vous avez couru beaucoup trop de risques tous les deux. C'est chaque fois pareil…

— Justement, tu devrais peut-être essayer de t'habituer, maman.

— À trembler pour vous ? Ça non !

— N'empêche que si on n'avait pas été là, qu'est-ce que tu aurais fait ? la nargue Stéphane.

— Je ne sais pas… Du charme.

— Comment ça, du charme ! s'oppose Patrick. De toute manière, j'allais intervenir quand je vous ai vus sortir en courant.

Audrey, sentant que la conversation va s'éterniser en discussion familiale, tente de faire diversion. Le rappel d'une autre partie de leur participation à l'arrestation de cette bande de voleurs lui semble tout à fait adéquat. Essayant d'avaler sa bouchée au plus vite, elle précise donc, la bouche encore à moitié pleine :

— Vous énervez pas. En tout cas, heureusement qu'on s'est souvenus que les deux types avaient parlé d'un entrepôt à Nautla, sinon la moitié des œuvres auraient été perdues.

— Dommage pour les cubes d'obsidienne ! J'aurais bien voulu savoir ce que c'était. C'est incroyable, des engins qui s'autodétruisent comme ça, regrette Linda.

Stéphane attrape le sac qu'il a apporté avec lui et en sort le cube du musée.

— Peut-être qu'on peut encore.

— Mais Stéphane, ça appartient au musée! Tu l'as volé?

— Emprunté à des fins d'expertise. J'avais fait une copie avec un cube en bois, d'après tes photos, et je l'ai laissé là-bas, à la place du vrai. Maintenant, au moins, je peux dire que j'ai une de mes œuvres au musée.

Malgré eux, les autres éclatent de rire. Stéphane ajoute, sérieusement cette fois:

— Si ce truc est capable d'émettre un rayon, il vaut mieux ne pas le laisser traîner. À part la famille Lemoyne, je ne vois personne qui puisse l'étudier dans un but pacifique. Et puis, le conservateur nous doit bien ça, avec toute la publicité qu'on lui a faite.

Patrick passe la main dans les cheveux de Stéphane, les yeux pleins d'affection et d'admiration.

— Steph, mon vieux, je suis drôlement fier de toi.

— Je dois reconnaître que l'adoption a des bons côtés. On tombe parfois sur des parents qui ont vraiment de l'allure.

Linda se tourne vers sa fille qui semble très songeuse.

— Où es-tu partie, Audrey?

— Je pensais à Don Felipe Da Gozal. Plus ça va et plus je suis sûre que c'est lui qui nous a guidés et conseillés.

— Comment ça ? interroge Linda.

— Eh bien, c'est la phrase écrite sur le fémur de ton squelette qui t'a suggéré comment agir avec le cube, exactement comme pour moi. Alors je me dis que le casque, c'était peut-être comme une signature, pour nous dire « qui » nous prévenait.

— Oui, mais les cubes n'étaient pas là, remarque Patrick.

— Ils devaient se trouver dans la grotte, avec tous ces trucs espagnols. Peut-être même qu'ils appartenaient au squelette. Gozal était un conquistador, non ? Un type qui portait un morion ? D'ailleurs, c'est bien dessus qu'il a écrit son nom. Il devait savoir où était la cache et que le jour où on découvrirait le squelette, on trouverait les coffres.

— Oui, mais on a failli ne jamais les découvrir, observe Stéphane. Si Pablo n'était pas venu nous voir, on n'aurait jamais rien su. À ce propos, je suis drôle-ment content pour lui. Il a reçu les félici-tations du président en personne pour son sens civique.

— Et grâce à lui, les Chiapas vont recevoir une aide pour s'établir dans de meilleures conditions.

— Oui, il avait l'air assez gêné. Remarque, moins que quand il t'a embrassée, note Stéphane.

— Arrête! C'est Annabella qui l'intéresse, ça saute aux yeux. Puis, d'abord, je n'ai pas réagi, alors il se doute bien que je ne suis pas partante. Je ne veux pas être tenue en laisse, moi.

Patrick les regarde tour à tour et, s'adressant à Linda, il poursuit:

— En tout cas, on a une sacrée chance, nous: un fils, homme d'action, et une fille qui réfléchit plus vite que son ombre.

— Shetoyan devait savoir aussi pour Da Gozal, car il m'a sorti une théorie sur les cycles qui ressemble fort au récit du père Raphaël.

— Ah! au fait, je ne vous ai pas dit: on a reçu un envoi anonyme par courrier électronique: un curriculum vitæ de Don Felipe Da Gozal.

— Quoi! Montre!

— Euh, il est dans la chambre... Tout à l'heure, ça va? J'ai faim pour le moment. Tu me passes un croissant, Stéphane?

— Tu es sûre ? Parce que ça descend directement sur les hanches, ces trucs-là.

— Oh, toi ! je vais te faire un mauvais sort.

D'un bond, Audrey se lève et se lance à la poursuite de Stéphane, qui déjà court dans le couloir de l'hôtel.

Linda et Patrick les regardent filer en souriant. Soudain, le sourire de Linda se modifie insensiblement.

— À quoi penses-tu ? demande Patrick qui perçoit ce changement.

— À Renaud et à sa prestation, jambe dans le plâtre. Il n'a rien vu des derniers événements, mais il arrivait quand même à se faire passer pour le héros de l'aventure. À l'entendre, il avait tout fait : depuis l'arrestation des trafiquants du Chiapas jusqu'à SES soupçons sur Shetoyan.

— Oui, et tu as vu avec quelle emphase il a encore fait mousser le conservateur. Lui qui fuyait comme un lapin s'est transformé en tigre agressif et conquérant.

— N'empêche que l'on se retrouve avec plus de questions que de réponses, au bout du compte. Je me demande bien qui était le propriétaire de ce squelette et de ces cubes.

— Ça, malheureusement, on ne le saura sans doute jamais. C'est probablement un cas unique dans l'histoire, un mystère de plus pour l'évolution, se résigne Patrick.

À cet instant, la sonnerie du téléphone retentit. Patrick répond. C'est Bular qui appelle de Paris. Patrick passe le combiné à Linda.

— Bonjour, monsieur Bular.

— Bonjour, bonjour. Écoutez! Vous avez fait un travail étonnant au Mexique et, à présent que le chantier suit son cours, vous allez le laisser sous la direction de Vital. Non, ne protestez pas, écoutez-moi. Vous partez pour le Maroc, on vient juste d'y mettre au jour un squelette similaire à celui de Palenque. Le plus étonnant, c'est qu'il se trouvait auprès d'un casque de conquistador ayant pourtant des centaines d'années de différence, et sans aucun rapport avec le site.

— Quoi?

— Voilà, c'est pourquoi je tiens à ce que vous partiez au plus vite. Rappelez-moi de là-bas.

Linda raccroche, estomaquée. Patrick s'approche d'elle.

— Qu'y a-t-il ¿

— Rien… un cas unique dans l'histoire, disais-tu… Qu'est-ce que tu penserais d'aller au Maroc ¿

— Au Maroc ! Quand ça ¿

— Disons, la semaine prochaine.

— Eh bien, c'est Stéphane qui va être heureux, lui qui s'était résolu à la patience amoureuse.

— Il va sans aucun doute rencontrer d'autres yeux qui le feront chavirer.

— Sûr ! ça m'arrive chaque fois que je croise les tiens.

— Eh ! ça te réussit, les voyages, toi !

Ce que n'a pas révélé Bular, c'est qu'il espère bien que Linda trouvera là-bas un autre objet, comme les cubes d'obsidienne, dont il pourra prendre possession, cette fois.

Il souhaite fortement que sa propre passion pour Da Gozal déteindra sur les membres de la petite famille. Il adorerait faire d'eux ses complices, ou plutôt, comme il aime à se le dire, ses «marion-nettes, grandeur nature».

Épilogue

Annabella et Stéphane marchent lentement sur les bords du lac Chapultepec. Non loin d'eux, des centaines de véhicules filent en tous sens et des milliers de personnes s'affairent à leur quotidien, étendant une rumeur sourde sur la ville.

Mais eux, en cet instant, sont seuls au monde, comme dans une bulle hors du temps. Stéphane ressent une immense tristesse. Ils marchent de concert, profitant de la fraîcheur du lac. Puis, d'un coup, Stéphane s'arrête et regarde Annabella bien en face.

— Annabella, il faut que je te parle.

— Moi aussi.

— On doit partir pour le Maroc et je me sens complètement paumé. Tu sais, je tiens beaucoup à toi et...

Annabella se tourne vers lui et lui met un doigt sur les lèvres pour l'empêcher de continuer.

— C'est bien, Stéphane. C'est mieux comme ça. Tu sais, l'autre jour, après toutes ces aventures, j'ai beaucoup réfléchi. Ta vie à toi sera toujours comme ça. Tu as pris des habitudes et tu ne pourras jamais t'en passer : toujours par monts et par vaux. Moi, je veux une vie plus simple, plus tranquille, des enfants. C'est très rétro, peut-être, mais c'est comme ça que je vois ma vie. Je t'aime bien, mais l'autre jour quand Pablo m'a raccompagnée chez moi, on a parlé. Il a la même vision de l'avenir que moi et on veut vivre ici. On verra bien comment ça va se passer, on est jeunes. Mais, tu vois, avec lui je peux avancer en me sentant tranquille : il ne partira pas du jour au lendemain. Si on s'engage, nos familles pourront se parler. Je vis dans un autre monde que toi, tu comprends.

Stéphane prend un instant pour digérer le discours d'Annabella. C'est vrai qu'il aime courir le monde, qu'il n'aime pas être attaché. Et puis, la façon dont Annabella parle de sa vie possible avec

Pablo l'effraie. Ça ressemble trop à un emprisonnement pour lui. Cet engagement, si jeune, lui donne la chair de poule. Il se sent soudain léger, libéré. Son père est peut-être dans le vrai finalement, d'une certaine manière.

— Annabella, tu as raison.

Cette fois, c'est au tour d'Annabella de faire une pause. Elle ne s'attendait pas à ça. Elle espérait confusément voir Stéphane se battre pour elle, exprimer des regrets, hurler à la douleur d'un amour intense et bafoué. Et voilà qu'il accepte comme ça, tout bonnement. Elle se sent soudainement meurtrie par ce peu d'emballement.

À cet instant, Stéphane aperçoit Pablo qui, un peu plus loin, l'air inquiet, les regarde s'approcher. Stéphane presse le pas. Il arrive près de Pablo, lui tend la main, puis le serre dans ses bras.

— Mes amis, je ne sais pas si vous resterez ensemble longtemps ou non, mais je souhaite que la vie soit formidable pour vous deux. J'ai passé des moments extra avec vous.

— Mais Stéphane..., amorce Annabella.

Stéphane l'embrasse sur les deux joues, avec fougue, et s'éloigne à reculons, regardant les deux jeunes gens.

— Je dois y aller, le Maroc m'attend. J'espère vraiment que l'on se reverra un jour. Allez, salut!

Et il fait demi-tour, repartant en courant vers l'hôtel, vers une autre tranche de vie, d'aventure. «Seize ans, se dit-il, c'est vraiment pas un âge pour s'engager. Il y a tellement de choses à voir dans le monde.»

Pour un peu, il se dirait qu'il vient de l'échapper belle. Mais il a conscience tout de même de fuir, de remettre à plus tard une expérience profonde qui l'inquiète un peu.

Texte du courrier électronique reçu par Audrey:

À vous qui cherchez qui est le personnage mythique de Don Felipe Da Gozal.

Il est né à Séville en 1504. Sous le règne de Charles Quint, roi d'Espagne et empereur germanique, il s'embarque à l'âge de quinze ans avec Cortez, en 1519, pour la conquête du Mexique.

Il se passionne pour les différentes cultures qu'il croise. Bon guerrier, il est aussi un homme de bon sens qui aime découvrir et apprendre. Il entrera en contact avec les savants et les prêtres des pays colonisés.

Délaissant la lutte contre l'Empire aztèque, il ira jusqu'en Équateur, en 1522. L'Empire inca s'étendait alors du sud de l'Argentine jusqu'à la Colombie. Da Gozal en parcourra tout le sud et rencontrera le grand Inca Huayna Capac.

En 1523, il se rendra à Cuba (terre espagnole depuis 1511). Il remontera plus haut, au nord, vers le Canada, avant de regagner l'Europe et de s'installer quelque temps en Espagne comme maître d'armes. Vers 1532, il participe à la guerre contre les Turcs alliés à François Ier et aux protestants allemands. Ces nouvelles batailles l'amèneront à visiter la Crète, l'Égypte, le Yémen et Pétra. Il suivra sa propre expérience, fréquentant les milieux occultes et savants de son époque.

Il sera de la campagne d'Algérie et, en 1542, explorera le Maroc et la Tunisie.

En 1544, au moment de la paix de Crépy-en-Laonnois entre l'Espagne et la France, il retournera en Espagne et de là, faisant le chemin de Compostelle à l'envers, visitera la France, l'Angleterre et la Suisse.

Revenu en Espagne en 1558, cette fois sous le règne de Philippe II, Don Felipe Da Gozal gagnera, de nouveau, sa vie comme maître d'armes à Tolède et, en 1571, participera à la bataille de Lépante auprès des chevaliers de Malte, contre le Turc Ali Pacha.

En 1580, il décidera de s'installer en Écosse, huit ans avant l'attaque manquée de l'invincible Armada contre les côtes anglaises.

Au cours de sa vie, il est devenu ce que l'on nomme communément « un initié ». Il a appris les mathématiques, la géométrie, la kabbale et s'est intéressé à la divination, à l'alchimie et à la sémantique.

Durant ses voyages, il a été en contact avec de nombreux lieux sacrés et de grandes connaissances. Il a laissé derrière lui de nombreuses traces pour les hommes à venir.

Prochain rendez-vous :

LA FORMULE DE MORT